聊天

寫E-mail手帳日語

西村惠子◎著

就是要每天跟日文混在一起

給自己
找一個目標
馬上執行

想到什麼
都用日文
記下來

附贈
MP3

天天跟日文一起
進步是當然的

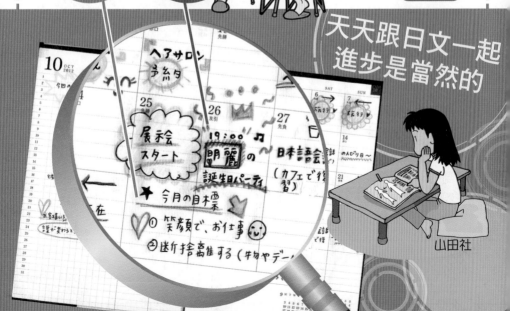

山田社

每天就是要跟日語混在一起！

混久了就是你的；混多了永遠忘不了！

既然每天都要打開手帳好幾次，

那就用日語，把想到的記下來吧！

既然每天都要跟好友上 line、寫 e-mail

那就用日語，跟朋友交交流吧！

前言

別鬧了！叫我用日語寫手帳！別緊張，只要寫下支字片語就可以了。例如：今天午餐吃麵，用去 50 元，就寫「ラーメン、50 元」。上班有些累了，就鼓勵自己一下，寫「がんばって」（加油啦）。其他還有：

1. 用日語來定目標！

不論什麼大小目標，用日語寫在手帳上，就很清楚自己接下來該做什麼，該怎麼走了。例如：本月小目標「今月の目標：

1. 笑顔で、お仕事（工作時要面帶微笑）；

2. 断捨離する、物やデータ（東西及檔案要斷捨離）」，

只要用簡單的日文寫就行啦！

3. 讓日語充滿你的生活！

凡走過必留下痕跡，凡寫過必留下記憶！每天發生的事情，只要用日語寫下重點就行啦！例如：

10 月 16 日跟男朋友吵架，就寫「**彼氏と喧嘩した**」，還可以加上「淚眼盈框」的小插圖；

10 月 18 日預約美容院，就寫「**ヘアサロン予約**」；等等～

3. 跟好友上 line、寫 e-mail，來一句日語很酷的啦

為了讓記憶長長久久，那就每天跟日語混在一起吧！方法是用「line、e-mail」來練日語啦！例如：

一早來個「**おはよう！**」（早安！）

對爸媽或情人來個「**愛してる！**」（我愛你！）；等等～

其實，這些都是生活隨筆，所以盡量放輕鬆不必死板板，把每天想到的、看到的、聽到的、做到的都寫進手帳裡，用「line、e-mail」跟親友分享，外加「自家流」的可愛小插圖、會心一笑的圖片、繽紛新奇的貼紙，都 OK 啦！

總之，每天就是要跟日語混在一起！

混久了就是我的；混多了永遠忘不了！

目錄

不論什麼大小目標，
用日文寫手帳踏上達成之路

只要用日語**寫下重點，**就行啦！

把眼睛看不到的「時間」「預定」「心情」「偶遇」…等，通通記在手帳上，就能化無形為有形，清楚知道自己什麼時候該做什麼？自己接下來該走的道路，就一清二楚了。

看到鼓勵自己的話，也趕快寫下來吧！

就是要讓日語充滿你生活的每個角落。

10 OCT 2012

MON

1 大安

8 赤口　　体育の日

15 先負

22 仏滅

29 大安

1
2　今回の企画は大成功でした！
3
4
5
6
7
8
9
10
11
12
13
14
15
16　彼氏と喧嘩した
17
18
19
20
21
22　お客様に感謝！ありがとう♡
23
24　言葉が変わると、人生が変わる！
25
26
27
28
29
30

資料作成

部長にほめられて、や〜た！

本屋による

凡走過必留下痕跡、
凡寫過必留下記憶啦！

自家流的劃上可愛的小插圖、趣味圖片、剪貼都OK啦！

寫手帳寫出好實力！
親自用手寫的日語筆記，因為是經過手、眼及腦的觸覺、視覺與整理的三重刺激，所以印象跟感受，會比打字來得強烈，因此能記憶持久。

THU	FRI	SAT	SUN
3 先勝	4 友引	5 先負　勉強会	6 仏滅　方辰行	7 大安　方辰行
10 友引　10:00　D社来社	11 先負	12 仏滅	13 大安　日本語会話（図書館で）	14 赤口　のんびり日〜
17 大安　展示会下見	18 赤口　ヘアサロン予約	19 先勝	20　14:00　ヘアサロン	21 先負　彼と映画
24 赤口	25 先勝　展示会スタート	26 友引　19:00　明麗の誕生日パーティー	27 先負　日本語会話（カフェで復習）	28 仏滅　・掃除　・DVD観賞
31 先勝　部長不在	★ 今月の目標　①笑顔で、お仕事　②迷ったら捨てる（物やデータ）！			

9	M	T	W	T	F	S	S
						1	2
	3	4	5	6	7	8	9
	10	11	12	13	14	15	16
	17	18	19	20	21	22	23
	24	25	26	27	28	29	30

11	M	T	W	T	F	S	S
				1	2	3	4
	5	6	7	8	9	10	11
	12	13	14	15	16	17	18
	19	20	21	22	23	24	25
	26	27	28	29	30		

天天跟日語膩在一起，記憶就能長長久久！

只要一翻開，做過哪些事，日語怎麼說，就一目瞭然

工作用綠色，會議用黃色，出差用橘色…，重要節慶或約會用紫色

每天的**小進步**、**小改變**，都可以用日語記錄下來！

			仕事	会議	その他
			9:00~	10:00~	11:0
		月	仕事		
		火	沈さんと会議		
		水	注文書	見積リ作成	
		木	大阪出張		
		金	業務引継ぎ	企画会	
		土	ピクニック		

記得時常回顧手帳，
看到日語的進步，也看到自己的成長。

用日語幫助自己完美地**管理自己的時間**，使自己的生命更加美好。

寫寫日計劃，學學日本語！
用日語將自己每天的例行工作，工作進度，跟別人的約會、重要的約定…等，每天想到的、看到的、聽到的、做到的都可以寫進手帳裡，每天跟日語膩在一起，日語自然好！

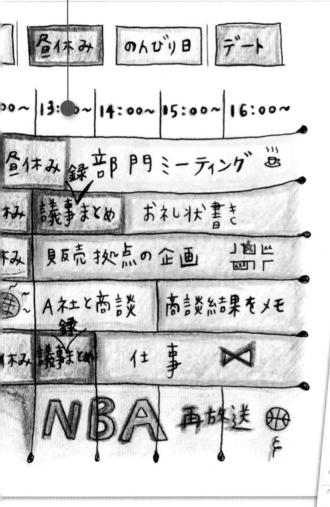

也可以這樣寫喔！

要保持個人風格喔！這樣更能強化大腦的日語記憶

用**日語寫關鍵字**，也可以圖像化，增加日語記憶

最少使用三種不同顏色的色筆，**融入五官的感受**，強調日語聯想

「坐而言，不如起而行」請現在就動筆，用日語心智圖筆記寫下自己人生的美夢吧！

沒想到，夢想達成日語也進步了！
由於心智圖筆記整合了文字、圖像、色彩、數字及空間的認知，用在腦力激盪練習，有助於提升聯想的能力，不僅是學日語，開啟圓夢計畫，也是非常棒的第一步喔！

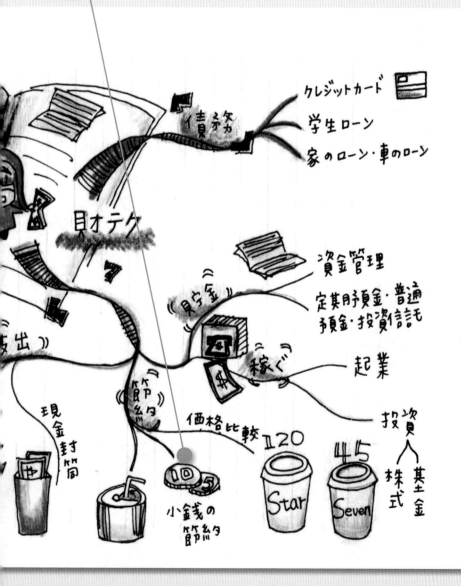

讓手帳看起來很繽紛，學日語更有趣！

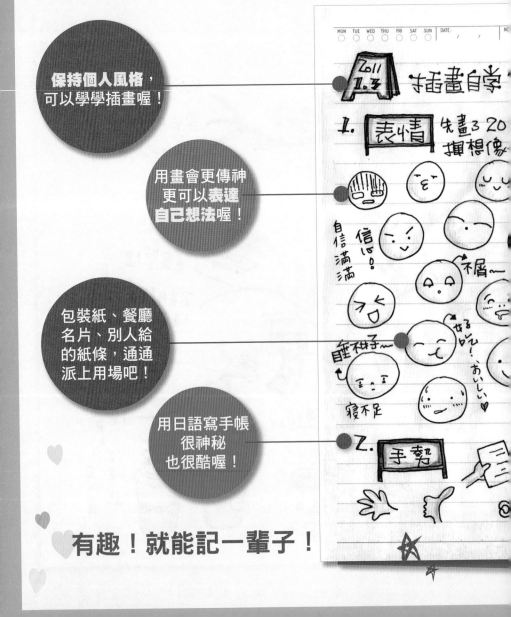

保持個人風格，可以學學插畫喔！

用畫會更傳神更可以**表達自己想法**喔！

包裝紙、餐廳名片、別人給的紙條，通通派上用場吧！

用日語寫手帳很神秘也很酷喔！

有趣！就能記一輩子！

想學日語，寫寫手帳就行
想讓手帳活起來，畫上插圖就對啦！
讓學日語想更有趣，美化自己的手帳，是一個很好的方法。這時候就需要很多小幫手了。

Chapter 1

一天24小時

1 上午

1 詢問對方一天的活動　　CD 1

◆ 你每天多半都做哪些事情呢？　毎日たいてい<ruby>何<rt>なに</rt></ruby>をしますか。

◆ 你每天做些什麼工作呢？　<ruby>毎日<rt>まいにち</rt></ruby>、どのような<ruby>仕事<rt>しごと</rt></ruby>をしていますか。

◆ 你在上午要做什麼呢？　<ruby>午前中<rt>ごぜんちゅう</rt></ruby>、<ruby>何<rt>なに</rt></ruby>をして<ruby>過<rt>す</rt></ruby>ごしますか。

◆ 你通常都在哪裡吃午餐呢？　<ruby>昼<rt>ひる</rt></ruby>ごはんはだいたいどこで<ruby>食<rt>た</rt></ruby>べますか。

◆ 你在下午做哪些事呢？　<ruby>午後<rt>ごご</rt></ruby>、<ruby>何<rt>なに</rt></ruby>をしますか。

◆ 你平常在晚上都做些什麼呢？　<ruby>夜<rt>よる</rt></ruby>、たいてい<ruby>何<rt>なに</rt></ruby>をしますか。

◆ 你通常在星期五的晚上都安排什麼活動呢？　<ruby>金曜<rt>きんよう</rt></ruby>の<ruby>夜<rt>よる</rt></ruby>はだいたい<ruby>何<rt>なに</rt></ruby>をしますか。

◆ 你在下班後會做些什麼呢？　<ruby>仕事<rt>しごと</rt></ruby>のあと<ruby>何<rt>なに</rt></ruby>をしますか。

◆ 你在放學後從事什麼活動呢？　<ruby>学校<rt>がっこう</rt></ruby>のあと<ruby>何<rt>なに</rt></ruby>をしますか。

◆ 你在睡覺前會做什麼事情呢？　<ruby>寝<rt>ね</rt></ruby>る<ruby>前<rt>まえ</rt></ruby>、<ruby>何<rt>なに</rt></ruby>をしますか。

2 清新的一天

◆ 已經天亮了。　もう<ruby>夜<rt>よる</rt></ruby>が<ruby>明<rt>あ</rt></ruby>けた。

◆到了早晨，星星一顆接著一顆消失了。 　朝が来て星が一つずつ消えていく。

◆太陽從東方升起了。 　東から日が昇った。

◆到了早晨，屋外呈現出一片光亮。 　朝が来て外が明るくなった。

◆陽光灑入了房間裡。 　お日様が部屋に差し込んできた。

◆又開始了嶄新的一天。 　また新しい一日が始まった。

◆早晨的清新空氣讓人覺得神清氣爽。 　朝の空気は気持ちがいい。

3　早上起床

◆睡醒後感覺神清氣爽。 　目覚めはいいです。

◆真希望能再多睡一會兒。 　もう少し寝ていたかった。

◆喝下咖啡後頓時變得清醒了。 　コーヒーを飲むと目が覚めた。

◆外頭天色還是昏暗的。 　まだ外は暗かったです。

◆你會在幾點起床呢？ 　何時に起きますか。

◆我每天早上七點起床。 ▲ 私は毎朝7時に起きます。

A：「7時だよ。もう起きなさい。」

（已經七點囉，該起床了。）

B：「もっと寝ていたいなあ。」

（真想再多睡一點哪。）

◆我比平常還要早三十分鐘醒過來了。 いつもより30分早起きした。

◆今天要去九州旅行耶，快點起床嘛。 今日は九州まで旅行だ。早く起きよう。

◆現在比較習慣早起了。 早起きには少し慣れた。

◆我每天早上都會晨跑。 私は毎朝ジョギングをする。

◆我認為早睡早起是維持身體健康的第一步。 早寝早起きは健康の第一歩だと思う。

◆我總是在熬夜。 私はいつも夜更かしをしていました。

◆在鬧鐘響之前就先醒了。 目覚まし時計が鳴る前に、目が覚めました。

4 睡懶覺 CD 2

◆鬧鐘沒有響。 目覚まし時計が鳴らなかった。

◆忘了設定鬧鐘的鈴響時間。 目覚まし時計をかけ忘れました。

◆ 又睡了回籠覺。 二度寝（にどね）してしまった。

◆ 每天早上都會貪睡賴床。 毎朝（まいあさ）寝坊（ねぼう）をしていた。

◆ 今天早晨貪睡了三十分鐘。 今朝（けさ）、30分寝坊（ぶんねぼう）した。

◆ 我每到早晨都很不想起床耶。 朝起（あさお）きたくなかったよ。

◆ 一直睡到想起床為止。 起（お）きたくなるまで寝（ね）ていた。

◆ 太陽已經高掛在天空上了。 太陽（たいよう）が高（たか）く昇（のぼ）っていた。

◆ 我被媽媽叫醒了。 母（はは）に起（お）こされた。

◆ 請不要忘了要在六點把我叫醒喔。 6時（じ）に私（わたし）を起（お）こすのを忘（わす）れないでください。

◆ 媽媽每天都要花費好一番功夫才能把我叫醒。 母（はは）は私（わたし）を起（お）こすのに苦労（くろう）していた。

◆ 星期天的早晨，只想要好好地睡個夠。 日曜日（にちようび）の朝（あさ）はゆっくり寝（ね）ていたいです。

◆ 昨天晚上睡不著，整晚沒有闔過眼。 夕（ゆう）べは眠（ねむ）れなくて、一晩中（ひとばんじゅう）起（お）きていた。

◆ 再不起床，上學就要遲到囉。 そろそろ起（お）きないと学校（がっこう）に遅（おく）れるよ。

◆ 假如不在五點半起床的話，上班就會遲到。 5時半（じはん）に起（お）きないと会社（かいしゃ）に間（ま）に合（あ）わない。

◆ 都已經到了共進早餐的時刻，爸爸卻還沒起床。 もうご飯（はん）なのにお父（とう）さんはまだ起（お）きてこない。

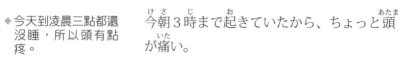

◆ 今天到凌晨三點都還沒睡，所以頭有點疼。	今朝3時まで起きていたから、ちょっと頭が痛い。
◆ 不知道為什麼，今天早上起床時覺得無精打采的。	▲ なぜか今朝は元気に起きられなかった。

A：「朝、一人で起きられる？起こしてあげようか。」

(你早上有辦法自己醒過來嗎？要不要我叫你起床呢？)

B：「大丈夫、ちゃんと起きるから。」

(沒問題，我可以自己起床啦。)

◆ 早上一起床，馬上感到胃不舒服作嘔。	朝起きたらすぐ、胃がムカムカします。

5　刷牙

◆ 起床後立刻去洗臉。	起きたらすぐ顔を洗います。
◆ 早上一起床，馬上喝一杯水。	朝起きたら、すぐに1杯の水を飲みます。
◆ 起床後去洗臉。	起きてから顔を洗います。
◆ 我去上了廁所。	トイレに行った。
◆ 刷牙。	歯を磨きます。
◆ 我一面聽音樂一面刷了牙。	音楽をかけながら歯を磨いた。
◆ 在吃早餐之前先刷牙。	朝ご飯を食べる前に、歯を磨きます。

◆ 我在吃過早餐之後刷牙。　私は朝食の後に歯を磨きます。

◆ 在吃過東西以後一定會刷牙。　食後は必ず歯を磨きます。

◆ 將牙刷前後移動把牙齒刷乾淨了。　歯ブラシを前後に動かして磨いた。

◆ 以上下移動的方式刷牙，就能很輕鬆地刷去牙垢。　上下に動かすと汚れが落ちやすい。

◆ 我目前使用電動牙刷。　電動歯ブラシを使っています。

◆ 我把嘴裡的水吐進洗臉盆裡了。　洗面台に水を吐き出した。

6　洗臉

CD 3

◆ 在洗臉盆裡儲水。　洗面台に水を溜めます。

◆ 洗臉。　顔を洗う。

◆ 早上，我只會洗臉而已。　朝は顔だけ洗った。

◆ 我每天早上都會洗頭髮。　私は毎朝、髪を洗う。

◆ 我在臉上抹了乳液。　顔にローションをつけた。

◆ 先洗臉後再換衣服。　顔を洗ってから着替えます。

◆ 在吃早餐前先沖澡。　朝食の前にシャワーを浴びます。

◆ 好像有人在浴室裡。　浴室に誰かがいた。

◆ 姊姊正在淋浴。　姉がシャワーを浴びている。

7 看新聞及報紙等

◆ 你聽到早上的那則新聞了嗎？　今朝のニュースを聞きましたか。

◆ 與其用讀的，還不如用聽的比較好。　読むより聞いた方が早い。

◆ 啊！已經八點了。我們來看晨間新聞吧！　あっ、8時だ。朝のニュースを見よう。

◆ 我每天早上都會看報紙。　毎朝新聞を読みます。

◆ 我會在早上大致瀏覽一下當天的報紙內容。　朝は新聞にざっと目を通す。

◆ 我總會閱讀報紙的社會版。　いつも新聞の社会面を読んでいる。

◆ 我只看體育版。　私はスポーツだけ読む。

◆ 家兄只看社會版、電視節目表，還有體育專欄。　兄は社会面とテレビ欄とスポーツ欄しか見てない。

◆ 若是看到精采的報導，我就會把它剪下來。　いい記事があったら、切り抜いちゃいます。

◆ 把報紙的報導貼在剪貼簿上。　記事をスクラップブックに貼っていく。

◆檢查郵件。　　　　メールをチェックします。

◆一早起床後就做體
操。　　　　　　　朝早く起きて体操をします。

◆每天清晨五點起床
後去散步。　　　　毎朝5時に起きて散歩をします。

◆要上學之前，先帶
小狗去散步。　　　学校へ行く前に、犬の散歩に行きます。

◆爺爺每天都會隨著
收音機裡的晨操廣
播做體操。　　　　おじいちゃんは毎日ラジオ体操をしていま
　　　　　　　　　す。

8 吃早餐

◆要準備早餐的種種
配菜真是辛苦呀。　朝食のおかずは大変ですよね。

◆做小孩子的早餐。　子どもの朝ごはんをつくります。

◆我決定由我來做早
餐給家人吃。　　　僕は家族に朝ごはんをつくることにしたよ。

◆早餐已經準備好
囉。　　　　　　　朝ごはんができましたよ。

◆我喜歡做飯。　　　ごはんをつくることが好きです。

◆我父母不做早餐。　うちの親は朝ごはんをつくりません。

◆我每天早上都會吃
早餐。　　　　　　私は毎朝、朝食を取ります。

◆我的家人全都習慣
吃早飯。　　　　　私のうちでは、みんな朝ご飯を食べています。

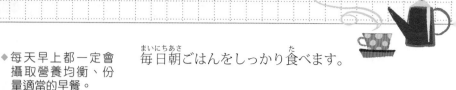

◆ 每天早上都一定會
攝取營養均衡、份
量適當的早餐。

毎日朝ごはんをしっかり食べます。

◆ 我吃了沙拉作為早
餐。

サラダを朝食としました。

◆ 我比較喜歡吃西式
早餐。

朝は洋食がいいです。

◆ 通常吃麵包當早
餐。

朝食はだいたいパンです。

◆ 今天早餐吃的是麵
包和牛奶。

朝はパンと牛乳でした。

◆ 今天早餐吃的是麵
包、日式煎蛋、還
有蔬菜沙拉。

朝ごはんはパンと玉子焼きと野菜サラダでし
た。

◆ 由於昨晚一夜好
眠，所以覺得今天
早餐吃起來格外美
味。

よく眠れたので朝ごはんがおいしい。

◆ 我吃了很多美味的
米飯。

おいしいご飯をたくさん食べた。

9　簡單的早餐 CD 4

◆ 早餐隨便吃吃打發。

朝は簡単にすませます。

◆ 我吃的早餐很輕便簡
單。

簡単な朝ごはんを食べます。

◆ 只吃了一點點東西作
為早餐。

軽く朝食を取った。

◆ 只吃了一口。

一口だけ食べた。

◆用過早餐後急忙去上班。　朝食後、急いで仕事に行きます。

◆請問您已經用過早餐了嗎？　朝ごはんはもうすみましたか。

◆我早上只喝了咖啡充數。　朝はコーヒーだけで済ませます。

◆我今天早上沒有吃早餐。　今朝は食べなかった。

◆我正在減肥，沒吃早餐。　朝食抜きダイエットをしている。

◆每天都一定要確實吃早餐才行喔！　朝をちゃんと食べなくてはだめですよ。

◆如果不好好吃早餐的話，將會有礙身體健康。　朝、しっかりご飯を食べないと体に悪いよ。

10 化妝

◆我每天早上會在洗臉後化妝。　毎朝、洗顔の後に化粧をする。

◆首先抹勻護膚乳液。　まずローションをつける。

◆拍上化妝水。　化粧水をつけます。

◆我試著塗了一下試用品。　サンプル品を塗ってみた。

◆修梳眉型。　眉を整える。

◆描眉。　眉毛を描きます。

◆塗抹粉底。 ファンデーションを塗ります。

◆撲上蜜粉後就大功
告成。 フェイスパウダーで仕上げます。

◆以唇筆施上口紅。 口紅をリップブラシでつけます。

◆畫上亮色系的眼
影。 明るいアイシャドーをいれます。

◆畫深色的眼線。 濃いアイラインを入れます。

◆我不用眼線筆。 アイライナーを使わない。

◆以睫毛夾將睫毛夾
翹。 ビューラーでまつげをアップします。

◆刷上睫毛膏。 マスカラをつけます。

◆以畫圓的刷法刷上
腮紅。 円を描きながらチークを入れます。

◆我今天有噴香水。 今日は香水をつけてます。

◆只要身上噴了香
水，就覺得充滿著
幸福的氛圍。 香水をつけるだけで幸せな気持ちになれま
す。

◆腳上有刺青。 足に入れ墨がある。

◆每天都一定會化
妝。 毎日必ずお化粧をする。

◆楊小姐即使不上妝
也非常美麗。 楊さんはスッピンでも綺麗だ。

◆我只上淡妝。 私は薄化粧しかしない。

◆ 她的妝很濃。　　　　彼女は化粧が濃い。

◆ 我畫了比平常還要濃的妝。　　普段より濃い化粧をした。

11 換衣服

◆ 我脫掉睡衣。　　　　パジャマを脱いだ。

◆ 換了內衣。　　　　　下着を着替えた。

◆ 我沒有辦法打定主意該穿哪件衣服才好。　　どの服を着るか決められなくて。

◆ 我從衣櫥裡拿出了衣服。　　タンスから服を取り出した。

◆ 今天早上急急忙忙地熨了衣服。　　今朝急いでアイロンをかけた。

◆ 我穿了裙子和襪子。　　スカートと靴下を穿いた。

◆ 我穿了雙白色的高跟鞋。　　白いハイヒールを履いた。

◆ 脫下來的衣服隨手扔在床上沒有收拾。　　ベッドに服を脱ぎっぱなし。

◆ 髮型一直都搞不定。　　髪型が決まらないです。

◆ 梳了一頭可愛的髮型。　　髪も可愛く決めました。

◆ 她把頭髮編盤整齊了。　　髪型は編み込みにしてまとめた。

◆ 你每天早上都幾點出門呢？

毎朝何時に家を出ますか。

◆ 每天早晨總是慌張忙亂的。

毎朝はいつも慌しかった。

◆ 我帶了必備的物品。

必要なものを持った。

◆ 我檢查了放在包包裡面的物品。

かばんの中身をチェックした。

◆ 今天很冷，要穿暖和一點喔！

今日は寒いから、暖かい服を着なさいね。

◆ 他急忙趕路以免遲到。

学校に遅刻しないように急いだ。

◆ 我要出門囉。

行ってきます。

◆ 路上慢走。

いってらっしゃい。

◆ 今天大概幾點回來呢？

今日は何時ごろ帰るの?

＊句尾的「の」表示疑問時語調要上揚，大多為女性、小孩或年長者對小孩講話時使用。表示「嗎」。

◆ 我不知道啦，可能是六點或七點吧…。

わかんないよ。6時か7時。

＊口語中常把「ら行：ら、り、る、れ、ろ」變成「ん」。對日本人而言，「ん」要比「ら行」的發音容易喔。

◆ 路上小心喔。

気をつけてね。

◆ 注意不要遲到喔。

遅刻しないように。

13 出門了

◆ 他出門了。　　　　　　家を出た。

◆ 早上七點要去上班。　　朝7時に会社へ行きます。

◆ 我起床的時候，姊姊　　私が起きたときは、姉はもう出かけていた。
已經出門了。

◆ 還不快點出門的話，　　▲ 遅れるよ。早く出かけないか。
會遲到的唷！
　　　　　　　　　　　　　A：「急ぐから先に行くよ。」

　　　　　　　　　　　　　　（我快來不及了，要先出門囉！）

　　　　　　　　　　　　　B：「行ってらっしゃい。」

　　　　　　　　　　　　　　（小心慢走喔。）

◆ 快一點，要不然會遲　　▲ 遅れるから急いで！早く！
到的！快快快！
　　　　　　　　　　　　　A：「気をつけてね。」

　　　　　　　　　　　　　　（路上小心哪。）

　　　　　　　　　　　　　B：「いってきます。」

　　　　　　　　　　　　　　（我出門了。）

◆ 差一點就遲到了。　　　もう少しで遅刻するところでした。

◆ 由於太晚起床而遲到　　寝坊して学校に10分遅刻した。
了十分鐘才到學校。

◆ 急忙跳上了計程車，　　急いでタクシーに乗って会社へ向かった。
趕去公司。

◆ 衝出家門一路狂奔到　　家を飛び出してバス停まで走っていった。
公車站牌。

◆ 公車正好來了。　　　　ちょうどバスが来た。

◆公車就在眼前開走了。　バスが目の前で行ってしまった。

◆趕上了公車。　バスに間に合った。

◆我會在八點時抵達學校。　学校には8時に着きます。

◆公司在九點開始上班。　仕事は9時に始まります。

◆爸爸從早到晚都在辛苦工作。　父は朝から晩まで仕事をしていました。

◆星期一的整個早上都要開會。　月曜日の朝はずっと会議があります。

◆每週一、三、五的七點開始社團的晨間練習。　月水金はクラブの朝練が7時からあります。

2 中午

1 吃午餐　CD 6

◆我會在十二點十五分左右吃午餐。　昼ご飯は12時15分ごろ食べます。

◆肚子餓了。　おなかがすいた。

◆差不多該是吃中飯的時候囉。　そろそろ昼ごはんの時間だ。

◆距離午餐時刻還有
一個鐘頭，但是實
在等不下去了。

▲ 昼ごはんまでまだ1時間もあるが待てない。

A：「昼ごはんは何にしましょうか。」

（午餐要吃什麼呢？）

B：「たまに寿司でも食べましょう。」

（偶爾來吃個壽司吧。）

◆午餐打算要吃什麼
呢？

お昼ご飯、どうしよう？

◆午餐多半都吃便
當。

▲ お昼はいつもお弁当です。

A：「今朝から何も食べてません。」

（我從一大早到現在都還沒吃東西。）

B：「それじゃおなかがすいたでしょ
う。」

（那麼想必肚子已經餓扁了吧？）

◆我帶便當作為午
餐。

昼ご飯にはお弁当を持っていきます。

◆在米飯上裝飾了心
型圖案。

ご飯の上にハート模様を作った。

◆學校供應營養午
餐。

学校は昼に給食が出る。

◆我在公司的員工餐
廳吃午飯。

会社の食堂で昼ご飯を食べる。

◆我在便利商店買午
餐。

昼ご飯はコンビニで買います。

◆我和同事一起吃午
餐。

昼ご飯は同僚と食べます。

◆我在戶外的長椅上
吃午餐。

外のベンチで昼ご飯を食べます。

◆我獨自一人吃午餐。　昼食は一人で取ります。

◆今天的菜餚真是太好吃了。　今日のおかずがおいしかった。

◆尤其是炸豬排，實在美味極了。　特にトンカツがうまかった。

◆午餐吃太多了。　昼を食べ過ぎた。

◆我只吃了一點點東西作為午餐。　昼ご飯は少しだけ食べた。

◆我打算不吃午餐。　昼ご飯を抜いちゃいます。

◆今天很晚才吃早餐，所以吃不下午餐。

▲朝、食べるのが遅かったので、昼ごはんは
　いらない。

　A：「彼ったら休みの日は昼からお酒を飲
　　　んでいるのよ。」

　（他真是的，只要遇上假日，也不管還是大
　　白天的，就會開始喝起酒來。）
　B：「まあ、ひどい。」

　（哎呀，真過分耶。）

◆在吃午餐前，一定要回來。　昼ごはんまでに帰ってきなさい。

2　午休時間

◆午休時間有一個小時。　昼休みが一時間あります。

◆中午休息時間只有一個小時而已。　昼休みは１時間しかありません。

◆我閉目養神。　　　目を閉じて頭を休めます。

◆我想要睡一會兒午
覺。　　　　　　　ちょっと昼寝をします。

◆午間新聞要開始播
報了。　　　　　　昼のニュースが始まります。

◆一面聽音樂，一面
和同事聊天。　　　同僚とおしゃべりをしながら音楽を聴いた。

◆我到附近散步。　　近くを散歩します。

◆我去公園稍微舒展
了筋骨。　　　　　公園で軽い運動をした。

◆努力唸書以應付下
午的考試。　　　　午後の試験のため、勉強していた。

◆我想去打十五分鐘
左右的籃球。　　　15分くらいバスケをします。

◆中午休息時間會在
操場踢足球玩耍。　昼休みはグランドでサッカーをして遊びま
　　　　　　　　　す。

3　外出辦事　　　　　　　　　　　CD 7

◆如果是中午休息時
間，就能離開公司一
下。　　　　　　　昼休みなら、会社を抜け出すことができま
　　　　　　　　　す。

◆我去郵局。　　　　郵便局に行きます。

◆我去看看有沒有郵
件。　　　　　　　郵便をチェックします。

◆我去銀行。　　　　銀行に行きます。

31

◆我去銀行存錢／匯款。　銀行で振り込みをします。

◆我去確認帳戶裡的餘額。　銀行で口座の残高を確認します。

◆我把錢存進自己的帳戶裡。　自分の口座に入金します。

◆我從自己的帳戶裡提款。　自分の口座からお金を引き出します。

◆我去醫院。　病院に行きます。

◆我去做定期檢查。　定期検診に行きます。

◆我去看牙醫。　歯医者に行きます。

◆每個月會舉行一次午餐會議。　月に一度はランチミーティングがあります。

4　下午的活動

◆我在午茶時間休息。　コーヒーブレイクを取ります。

◆我在休息時間吃點心。　休憩中、おやつを食べます。

◆下午三點左右肚子餓了。　午後３時ごろお腹がすいてきた。

◆現在到了「下午三點的點心時間」囉！　「３時のおやつ」だ。

◆我喝了三碗年糕紅豆湯。　おしるこを３杯も食べた。

◆我吃了麵包作為點心。　おやつにパンを食べた。

◆我喜歡吃甜食。　私は甘いものが好きです。

◆我只吃水果作為零食。　おやつに果物しか食べない。

◆今天的課程從中午開始上課。　今日の講義は昼からです。

◆下午上課時有睏意。　午後の授業は眠いです。

◆放學後去參加足球社的活動。　放課後はサッカークラブに行きます。

◆今天恐怕得留下來加班。　今日は残業することになりそうです。

◆在下班前必須先回公司一趟才行。　退勤前に、一度会社に戻らなければなりません。

◆中午之前會回來。　昼までに帰ります。

◆我白天不在家，但是到晚上就會回來。　昼は家にいませんが、夜はいます。

◆現在都是白天睡覺，晚上工作。　昼は寝て、夜は仕事をしている。

3 晚上

1 做晚餐

CD 8

◆ 差不多該準備做晚飯了吧。

そろそろ夕食の準備でもしよっかな。

◆ 已經六點囉，得開始準備晚餐才行。

▲ もう6時だわ。晩の支度をしなくちゃ。

A:「晩ご飯は何にしようか。」

（晚餐想吃什麼呢？）

B:「そうだね。魚が食べたいな。」

（讓我想想…，我想吃魚耶。）

◆ 晚飯還沒好嗎？肚子已經餓扁了耶！

▲ 晩ご飯はまだなんですか。おなかがペコペコですよ。

A:「今日の晩ご飯は何にしましょう。」

（今天晚餐要吃些什麼？）

B:「あまりおなかがすいてないから、軽いものがいいな。」

（肚子不大餓，吃點輕食就好了。）

◆ 該煮什麼作為晚餐的菜餚呢？

夕食のおかずは何がいいかな。

◆ 我決定了今天的主菜是蛋包飯。

今日のおかずはオムライスにした。

◆ 晚飯已經準備好囉。

晩ご飯ができましたよ。

◆ 七點左右要吃晚餐。

7時ごろ晩ご飯を食べます。

◆要準時回來吃晚飯喔！　　晩ご飯に間に合うように帰ってきてね。

2　吃晚飯

◆洗澡以後才吃晚餐。　　お風呂に入ってから、夕飯を食べます。

◆我和家人一起吃晚飯。　　夕ごはんは家族と食べます。

◆邊看電視邊吃晚餐。　　テレビを見ながら、晩ご飯を食べます。

◆全家和樂融融一起共進晚餐。　　夕食を一家団欒で食べます。

◆我和父親一起吃了晚餐。　　父といっしょに夕食を食べた。

◆全家人一起吃的晚餐，感覺特別美味。　　家族みんなで食べる晩ご飯はおいしい。

◆女兒和兒子都會說很多在學校裡發生的事。　　娘も息子も学校の出来事をいっぱい話してくれます。

◆我會一面吃晚餐，一面告訴家人當天的見聞。　　晩ご飯を食べながら家族とその日の話をします。

◆晚餐吃了牛排。　　夕食にステーキを食べた。

◆偶爾會一個人在家小酌一番。　　たまに家で一人酒することがあります。

35

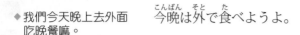

3 外食及其他

◆ 我們今天晚上去外面吃晚餐嘛。
　　今晩は外で食べようよ。

◆ 晚餐會在外面吃，不回來吃飯了。
　　外で食べるから、晩ご飯はいりません。

◆ 我在外面吃晚餐。
　　夕食は外で済ませます。

◆ 我和同事在外面吃晚飯。
　　同僚と外で夕飯を取ります。

◆ 喂，我今天要留下來社團練習，會晚點回去喔。
　　もしもし、今日、クラブの練習で遅くなるよ。

◆ 知道了。那麼，我先去吃晚餐囉。
　　分かった。じゃ、先に晩ご飯食べとくわよ。

　*「とく」是「ておく」的口語形，表示為了目的而事先做準備；做完某動作後，留下該動作的狀態。

◆ 好啊，不過還是要幫我留一份飯菜喔。
　　いいよ、でも、僕のご飯も残しといてね。

◆ 由於晚上還要用功讀書到很晚，除了晚飯以外，還希望能幫忙準備三明治。
　　夜遅くまで勉強するので晩ご飯のほかにサンドイッチがほしい。

◆ 晚餐不要吃太多，對身體比較好。
　　夜はたくさん食べないほうが体にいい。

◆ 沒有吃消夜的習慣。
　　夜食を食べる習慣はありません。

4 晚上的活動
CD 9

◆ 下班以後立刻趕回家。
　　仕事が終わったらまっすぐ家へ帰ります。

◆一回到家以後，首先寫功課。 家に帰るとまず宿題をします。

◆即使再晚也會在九點回到家。 遅くても9時には帰宅していた。

◆在晚上八點以後我總是會待在家裡。 いつも夜8時以後に家にいます。

◆多半都會加班。 たいてい残業します。

◆有時會去找朋友。 時々、友達に会いに行きます。

◆在下班後會去喝兩杯。 仕事のあと、飲みに行きます。

◆在居酒屋喝了兩杯。 居酒屋さんで一杯飲んできた。

◆昨天晚上和男朋友去約會了。 昨夜は彼氏とデートした。

◆下班後已有約會。 アフター5にはデートの約束があります。

◆今天會在朋友的家裡過夜。 今日は友達の家に泊まることになった。

◆妹妹正在幫奶奶按摩肩膀。 妹が祖母の肩もみをしている。

◆聆聽了音樂，以消除整天的疲憊。 音楽を聴いて一日の疲れを和らげた。

◆以洗澡來消除了一整天的疲勞。 お風呂で一日の疲れを落とした。

◆會和朋友講電話講很久。 友達と長電話します。

◆喝著啤酒放鬆心情。　　ビールを飲みながらのんびりします。

5　看電視

◆你在吃過晚餐以後，通常都是怎麼打發時間的呢？　　夕食の後どう過ごされていますか。

◆我會看電視。　　テレビを見ます。

◆多半都是在看電視。　　大体テレビを見ています。

◆我小時候是個電視兒童。　　子供の頃はテレビっ子だった。

◆我每天八點開始看連續劇。　　私は毎日8時からドラマを見ます。

◆每天大約會看三個小時電視。　　一日3時間ぐらいテレビを見ている。

◆我以前總是和妹妹互搶電視遙控器。　　いつも妹とリモコンの奪い合いをした。

◆從九點開始收看ＣＮＮ新聞報導。　　9時からCNNニュースを見る。

◆我看了七十六頻道的影集。　　76チャンネルのドラマを見た。

◆第七頻道的搞笑節目，實在太有趣了。　　7チャンのお笑い番組、超おもしろい。

◆那個節目真是乏味透頂。　　その番組はつまらなかった。

◆ 轉到了其他的頻道。　ほかのチャンネルに変えた。

◆ 降低了電視的音量。　テレビの音量を下げた。

◆ 非得減少看電視的時間不可。　テレビを見る時間を減らさなきゃ。

◆ 邊聽收音機邊研習功課。　ラジオを聴きながら勉強していた。

◆ 我租了一片ＤＶＤ。　レンタルでDVDを一本借りた。

◆ 看了一整天的ＤＶＤ。　一日中、DVDを見て過ごした。

◆ 我總是看電視直到深夜。　いつも夜遅くまでテレビを見ていた。

◆ 不要再看電視了，快去睡覺！　テレビなど見てないで寝なさい。

◆ 從早到晚都在練習彈吉他。　朝から晩までギターの練習をした。

6　洗澡　CD 10

◆ 一到家後就會立刻去洗澡。　▲ 家に帰ったらすぐ風呂に入ります。

　A：「熱すぎませんでしたか。」

　　（水溫會不會太燙呢？）

　B：「いいえ、とてもいいお風呂でした。」

　　（不會，這熱水泡起來舒服極了。）

◆ 吃過晚餐以後去洗澡。　夕食後、お風呂に入ります。

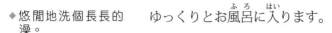

◆ 悠閒地洗個長長的澡。　ゆっくりとお風呂に入ります。

◆ 泡個熱水澡，好好地舒展了筋骨。　暖かい風呂に入って手足を伸ばした。

◆ 如果水溫太燙的話，請加些冷水。　お風呂が熱ければ水をたしてください。

◆ 想必外頭很冷吧。請快點洗個熱水澡暖暖身子。　外は寒かったでしょう。早くお風呂に入って温まりなさい。

◆ 我們家的小孩很討厭泡澡，真是傷腦筋。　うちの子は風呂が嫌いで困ります。

◆ 我最喜歡在泡澡後喝冰啤酒。　風呂から上がって冷たいビールを飲むのが楽しみだ。

◆ 泡個澡，無論是身心都能變得煥然一新。　お風呂で身も心もリフレッシュ。

7　肌膚保養

◆ 卸了妝。　化粧を落とした。

◆ 在睡前塗抹乳霜。　寝る前にクリームを塗る。

◆ 敷了臉。　パックをした。

◆ 晚上的順序是先抹化妝水、精華液，然後乳霜。　夜は化粧水、美容液、クリームの順番でつけます。

◆ 用化妝水保養肌膚。　化粧水でお手入れしています。

◆每天不要忘了洗臉後擦化妝水跟乳液雙重保濕。

洗顔後は化粧水と乳液のＷ保湿を毎日忘れずに。

◆晚上偷工減料只擦化妝水跟乳霜。

夜は化粧水とクリームという手抜きケアだった。

◆晚上用乳霜修復肌膚。

夜はクリームで肌を整えている。

◆晚上用精華液保濕。

夜は美容液で肌の保湿をしている。

◆晚上只擦化妝水。

夜は化粧水しかつけていない。

◆晚上化妝水跟乳霜什麼都不擦。

夜化粧水もクリームもなんにもつけません。

◆睡前擦乳霜，第二天肌膚就會感到很濕潤。

寝る前にクリームをぬると翌朝しっとりします。

◆熬夜的話對皮膚不好。

夜更かしすると肌が荒れます。

◆磨掉腳跟的硬皮。

かかとのかさかさを削る。

◆也除去了多餘的體毛。

むだ毛も処理した。

◆確實攝取維他命Ｃ。

ビタミンCをしっかり取ります。

◆必定都會量體重。

必ず体重をチェックする。

◆為了提高胸線而持續做伏地挺身。

バストアップのため、腕立て伏せを続けてやっている。

◆ 做了體操運動。　　　エクササイズをした。

8　睡覺前

◆ 睡覺前會刷牙。　　　寝る前に歯を磨きます。

◆ 昨天晚上沒刷牙就　　夕べ歯を磨かないで寝てしまった。
　睡著了。

◆ 打了呵欠。　　　　　あくびをした。

◆ 我的眼皮好重，睏　　まぶたが重たく、とても眠い。
　極了。

◆ 已經十二點了，快　　もう12時だ。早く寝な。
　點睡覺！

◆ 我們今晚早點睡　　　今日早く寝よう。
　吧。

◆ 換穿了睡衣。　　　　パジャマに着替えた。

◆ 設定了鬧鈴時間。　　目覚まし時計をセットした。

◆ 我在睡前聽音樂。　　寝る前に音楽を聴きます。

◆ 我在入睡前看書。　　寝る前に本を読みます。

◆ 我習慣在睡前寫日　　寝る前に、いつも日記をつける。
　記。

◆ 我在睡覺前突然想　　寝る前に夜食を食べたくなった。
　要吃消夜。

42

◆昨天書看到一半就
睡著了。

昨日は本を読んでいて寝てしまいました。

◆正想睡的時候，朋
友打電話來了。

寝ようとしたら友達から電話がかかって
きた。

9 晚睡　　　　　　　　　　CD 11

◆老公，你還沒睡嗎？

ねえ、あなた、まだ寝ないの?

◆我得在明天之前讀
完這份資料才行。
妳先睡吧。

明日までにこの資料、読んどかなきゃいけな
いんだ。先に寝といて。

＊「なきゃいけない」是「なければいけない」的口語形。表示必
　須、有義務要那樣做。

◆前陣子那份報告，
必須在後天之前提
交才行。

先日の報告書を、あさってまでに出さなきゃ
ならない。

＊「なきゃならない」是「なければならない」的口語形。表示不
　那樣做不合理，有義務要那樣做。

◆我總是很晚睡。

私はいつも遅く寝るんです。

◆最近的小孩子都越
來越晚睡了哪。

最近の子供は寝る時間が遅くなりましたね。

◆我是夜貓子。

私は夜型人間だ。

◆真希望可以變成早
起的鳥兒。

朝型人間になりたい。

◆熬夜有礙健康。

徹夜は体によくない。

43

10 睡覺了

◆ 今天晚上要不要跟媽媽一起睡呢？　　今晩、お母さんと一緒に寝る？

◆ 晚安。　　おやすみなさい。

◆ 十二點以前會上床睡覺。　　12時までにはベッドに入ります。

◆ 我經常是側睡的。　　横向きで寝ることが多い。

◆ 我只能以趴睡的姿勢才能睡得著。　　うつぶせでしか眠れなかった。

◆ 我的先生經常會說夢話。　　夫はよく寝言を言います。

◆ 他打鼾了。　　いびきをかいた。

◆ 嘎吱作響地磨牙。　　ギリギリと歯軋りをします。

11 作夢

◆ 希望今天晚上能有美夢伴我入眠。　　今夜はいい夢を見たい。

◆ 我經常做噩夢。　　よく悪い夢を見ます。

◆ 每天都會夢到不同的夢境。　　毎日違う夢を見てる。

◆ 我時常會做同一個夢。　　よく同じ夢を見続けました。

◆ 男友昨晚入了我的夢。　昨夜彼氏の夢を見た。

◆ 我做了個被惡棍窮追猛趕的噩夢。　暴漢に追いかけられる夢を見た。

12 好睡不好睡

◆ 我睡了個好覺。　よく寝た。

◆ 他睡得非常熟。　ぐっすり寝ました。

◆ 睡得很熟。　熟睡した。

◆ 昨晚很早就寢，早晨起床後感到通體舒暢。　昨夜、早く寝たので朝は気持ちがよかった。

◆ 睡得很飽，感覺好舒服。　よく寝たので気分がいい。

◆ 我很淺眠。　私は眠りが浅いんです。

◆ 我昨天晚上沒有辦法睡著。　昨日は眠れなかった。

◆ 我昨晚一整夜都無法入睡。　眠れない夜を過ごした。

◆ 深受失眠症的困擾。　不眠症に悩んでいる。

◆ 我昨夜整晚都沒有闔眼。　夕べ一睡もできなかった。

◆ 假如周圍一片寧靜的話，原本可以好好睡一覺。　静かならゆっくり寝られるのに。

45

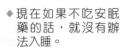

◆現在如果不吃安眠藥的話，就沒有辦法入睡。
今睡眠薬を飲まないと寝られません。

◆因為在榻榻米上睡著了，結果睡醒後腰酸背痛。
畳の上で寝てたから体が痛い。

◆晚上十點左右睡覺，早上五點起床。
夜10時ごろ寝て、朝5時に起きます。

◆假日會睡到十點左右。
休みの日は10時ごろまで寝ています。

13 門禁及晚歸

◆我家的門禁是六點半。
私の家の門限は6時半です。

◆家裡的門禁是晚上十點。
家の門限は夜10時です。

◆我在晚上十點之前一定要回到家裡才行。
夜10時までには家に帰らなければならない。

◆我很害怕一個人單獨走夜路。
夜、暗い道を一人で歩くのは怖い。

◆晚上會晚點回來。
帰りは遅いです。

◆我晚上太晚到家，遭到了父親的責罵。
夜遅く帰って、父にしかられました。

◆我的先生今天又是在凌晨時分才回到家。
夫は今日も午前様です。

◆我先生幾乎每天都是凌晨才回家。
主人はほぼ毎日午前様です。

Chapter 2

親愛的家人

1 家人

CD 12

1 怎麼問對方

◆你叫做什麼名字
呢？

お名前は何ですか。

◆請問您住在什麼地
方呢？

どちらにお住まいですか。

◆電話號碼是幾號
呢？

電話番号は何番ですか。

◆就讀哪一所學校
呢？

学校はどちらですか。

◆請問您在哪裡高就
呢？

どちらにお勤めですか。

◆你的生日是幾月幾
號呢？

誕生日はいつですか。

◆請問貴庚呢？

おいくつですか。

◆請問您的嗜好是什
麼呢？

ご趣味は何ですか。

◆請問您從事什麼工
作呢？

お仕事は何をなさっているのですか。

◆你在是如何度過閒
暇時間的呢？

余暇はどのように過ごしますか。

◆請問您結婚了嗎？

ご結婚はされていますか。

◆請問您的小孩幾歲
了呢？

お子さんはおいくつですか。

◆請問您有兄弟姊妹
嗎？

ご兄弟はいらっしゃいますか。

◆請問您有幾位兄弟姊妹呢？　　何人兄弟ですか。
なんにんきょうだい

2　介紹自己

◆我姓田中。　　田中です。
た なか

◆敝姓山田。　　山田と申します。
やまだもう

◆你好，我姓楊。　　はじめまして、楊といいます。
ヨウ

◆我是木村，請多指教。　　木村です。よろしくお願いします。
き むらねが

◆我才是，請多指教。　　こちらこそ、よろしく。

◆我的名字是山田佳子。　　私の名前は山田よし子です。
わたしな まえやまだこ

◆敝姓山田，小名佳子。　　姓が山田で、名がよし子です。
せいやまだなこ

◆請直接叫我佳子就行了。　　よし子と呼んでください。
こよ

◆大家都叫我「阿佳」。　　周りからは「よし」と呼ばれています。
まわよ

3　更詳細地介紹

◆我的生日是九月三十日。　　誕生日は9月30日です。
たんじょう びがつにち

◆我現在二十歲。　　私は二十歳です。
わたしは た ち

◆我是牡羊座。　　　　おひつじ座です。

◆我住在東京。　　　　私は東京に住んでいます。

◆住址是東京都世田　　住所は東京都世田谷区1-1-1です。
　谷區１－１－１。

◆電話號碼是03-5555-　電話番号は０３-5555-6677です。
　6677。

◆我來自東京。　　　　東京出身です。

◆我畢業於日本大　　　私は日本大学出身です。
　學。

◆我就讀了當地的學　　地元の学校に行きました。
　校。

◆我以前喜歡的科目　　好きな教科は歴史と英語でした。
　是歷史和英文。

◆我和家人同住。　　　家族と住んでいます。

◆我自己一個人住。　　一人で住んでいます。

◆我住在透天厝。　　　一戸建てに住んでいます。

◆我住在公寓。　　　　アパートに住んでいます。

◆我住在大廈。　　　　マンションに住んでいます。

◆我和父母／公婆一　　両親／義理の両親と２世帯住宅に住んでい
　起住在與長輩同居　　ます。
　的住宅。

◆我住在員工宿舍。　　社員寮に住んでいます。

◆ 是的，我已經結婚
了。　　　　　結婚しています。

◆ 還沒，我是單身。　独身です。

4　出生地　　　　　　　　　　　　　CD 13

◆ 您從哪裡來？　　　どこからいらっしゃいましたか。

◆ 我從台灣來。　　　台湾から来ました。

◆ 我來自臺灣。　　　出身は台湾です。

◆ 您是哪國人？　　　お国はどちらですか。

◆ 我是台灣人。　　　私は台湾人です。

◆ 我是在美國出生的。　私はアメリカで生まれた。

◆ 我是一九九二年，　私は1992年、東京で生まれた。
於東京出生的。

◆ 我從台北來的。　　私は、台北から来ました。

◆ 我出生於台灣，但是　私は台湾生まれ、日本籍です。
國籍是日本。

◆ 雖然我在橫濱出生，　生まれは横浜ですが、10歳のときに東京に
但是在十歳的時候　引っ越しました。
搬到了東京。

◆ 在我小學時，全家為配合父親的工作需求而搬到了博多。	父親の仕事の都合で、小学生のときに博多に引っ越しました。

5　出生環境

◆ 我是個土生土長的江戶人。	私は江戸っ子なんです。
◆ 我出生在一個赤貧的家庭。	私はとても貧しい家に生まれた。
◆ 我小時候生長在富裕的家境裡。	幼い頃、恵まれた環境で育った。
◆ 我是生於京都、長於京都的。	私は京都で生まれ育った。
◆ 我雖在大阪出生，不過是在東京長大的。	大阪で生まれたが、東京で育った。
◆ 我排行老么，共有八個兄弟姊妹，是在大家庭裡長大的。	私は8人兄弟の末っ子で、大家族の中で育ちました。
◆ 我家雖不富裕，也不算貧窮。	僕の家は裕福ではなかったけど、貧乏でもなかった。
◆ 我家雖然不富有，但是生活過得很美滿。	家は裕福ではないが、幸せだ。
◆ 我們過著儘管簡樸卻很幸福的生活。	つつましくも幸せな暮らしをしていた。
◆ 我們是平凡而幸福的一家人。	平凡で幸せな家族だ。

◆ 我生在一個平凡的
農家。

へいぼん　のうか　う
平凡な農家に生まれた。

◆ 他生於一個超級富
豪之家。

ちょう　かねもち　いえ　う
超お金持の家に生まれた。

◆ 雖然我家很有錢，
但是父母都非常忙
碌，鮮少待在家
裡。

いえ　かねもち　　　りょうしん　　　いそが
家はお金持ですが、両親はとても忙しく、
ぜんぜん　いえ
全然、家にいません。

◆ 唉！要是我能生為
富家千金，不知道
該有多好呀。

かねもち　いえ　じょうさま　う
ああ、お金持の家のお嬢 様に生まれてたら

なぁ。

◆ 我是個早產兒。

わたし　みじゅくじ　う
私は未 熟 児で生まれた。

6 介紹家鄉（一）

◆ 台北的地理位置比
台中還要北邊。

タイペイ　タイチュウ　きた　ほう
台北は台中より北の方にあります。

◆ 中國的首都是北京。

ちゅうごく　しゅと　ペキン
中 国の首都は北京です。

◆ 人口較日本為少。

にほん　ひと　おお
日本ほど人は多くないです。

◆ 位於東京的南方。

とうきょう　みなみ
東 京より南にあります。

◆ 在我的國家也經常
播映日本的卡通。

わたし　くに　にほん　ほうそう
私の国でも日本のアニメがよく放送されてい

ます。

◆ 日本的動畫跟漫畫、
電玩等都很酷。

にほん
日本のアニメやマンガ、ゲームなどがかっこ

いいですね。

◆ 日本的現代藝術很有趣。 日本の現代アートがおもしろい。

◆ 日本的棒球很棒。 日本の野球はすばらしいです。

◆ 我小時候曾有一位日本朋友。 子供のころ、日本人の友達がいました。

◆ 在我的國家也有很多家日本料理餐廳。 私の国にも日本料理のレストランがたくさんあります。

◆ 請問您有沒有去過上海呢？ 上海にいらっしゃったことがありますか。

◆ 請問您知道忠犬八公嗎？ ハチ公はご存じですか。

◆ 我的家鄉以生產燒酒而聞名。 私の地元は、米焼酎で有名なんです。

*「んです」是「のです」的口語形。表示說明情況；主張意見；前接疑問詞時，表示要對方做說明。

7 　訪問對方的家鄉（二）　　　　　　　　　　　CD 14

◆ 你呢？ あなたは？

◆ 我從美國來的。 私はアメリカから来ました。

◆ 請問您貴鄉是哪裡呢？ ご出身はどちらですか。

◆ 請問鹿兒島是在日本的什麼位置呢？ 鹿児島って、日本のどの辺ですか。

*這裡的「って」是「とは」的口語形。表示就提起的話題，為了更清楚而發問或加上解釋。「是…」。

◆ 請問是在廣島縣的哪裡呢？ 広島県のどこですか。

◆請問那裡比青森還冷 青森より寒いですか。
嗎？

◆請問那裡會時常下雪 雪はよく降るんですか。
嗎？

◆請問那裡有沒有什麼 何か有名なものはありますか。
著名的東西呢？

◆請問您是否一直都住 ずっと横浜に住んでるんですか。
在橫濱呢？

◆請問從東京搭新幹線 東京から新幹線でどのくらいかかりますか。
去那裡，大約需要多
久時間呢？

◆我曾經去過一次。 一度行ったことがあります。

◆那裡真是個好地方 いいところですよね。
呀。

◆如果您有照片的話， 写真があったら見せてもらえませんか。
可否借我瞧一瞧呢？

◆真希望有機會造訪那 一度行ってみたいんですよね。
裡呀。

8 介紹家人

◆這個人是誰？ この人は誰ですか？

◆容我介紹家父。 私の父を紹介させてください。

◆容我介紹我的家人： 家族を紹介します。両親と兄です。
這是家父母以及家
兄。

◆這是我哥哥。 これは兄です。

◆ 這是我哥哥和姊姊。　これは、兄と姉です。

◆ 這是我父母。　父と母です。

◆ 這是我女兒。　これはうちの娘です。

◆ 請務必讓我拜見夫人。　奥さまにぜひ会わせてください。

◆ 山田小姐，您和佳子見過面了嗎？　山田さん、よし子にはお会いになりましたか。

◆ 請問二位已經互相介紹認識了嗎？　お二人とも、紹介は済んでいますか。

9　介紹朋友

◆ 這一位是我的朋友山田貴子小姐。　こちらは私の友人、山田貴子さんです。

◆ 我來為您介紹我的朋友楊志明先生。　友達の楊志明さんを紹介します。

◆ 請您和我的手帕交貴子見個面。　私の親友、貴子に会ってください。

◆ 容我為您介紹和我非常要好的朋友美和子。　私がとても仲良くしている美和子を紹介します。

◆ 幫您介紹我的老朋友洋一。　昔からの友達の洋一を紹介します。

◆ 這一位是我從高中時代結交至今的朋友櫻子。　こちらは高校時代からの友達の桜子です。

◆ 這一位是我大學時的
學長阿博先生。

こちらは大学時代の先輩の博さんです。

◆ 這一位是和我一起工
作的鈴木小姐。

こちらは一緒に仕事をしている鈴木さん
です。

◆ 這一位是對我關照有
加的中村先生。

こちらはいつもお世話になっている中村さ
んです。

◆ 幸會幸會！

お会いできてうれしいです。

10 詢問對方的家人

CD 15

◆ 請問令尊與令堂安
好嗎？

ご両親はお元気ですか。

◆ 請問您的家人現在
住在哪裡呢？

ご家族は今どちらにいらっしゃるんですか。

◆ 請問您和家人住在
一起嗎？

ご家族と一緒に住んでるんですか。

◆ 是呀，我和家父母
住在一起。

ええ、両親と一緒に住んでます。

◆ 沒有，我自己一個
人住。

いえ、一人暮らしです。

◆ 請問您的父母目前
住在橫濱嗎？

ご両親は横浜にお住まいですか。

◆ 請問令尊是東京人
嗎？

お父さんは東京出身ですか。

◆ 請問令尊是在哪裡
高就呢？

お父さまはどちらにお勤めですか。

◆ 請問令尊的興趣是什麼呢？　お父さまのご趣味は何ですか。

◆ 請問令堂是家庭主婦嗎？　お母さんは主婦ですか。

◆ 請問令堂有沒有在工作呢？　お母さんは働いていますか。

◆ 請問令堂有沒有在做兼職工作呢？　お母さんはパートで働いていますか。

◆ 請問令姊芳齡多少呢？　お姉さんはおいくつですか。

◆ 請問令兄已經結婚了嗎？　お兄さんは結婚されていますか。

◆ 請問令姊有沒有小孩呢？　お姉さんにお子さんはいらっしゃいますか。

◆ 請問您的先生從事什麼工作呢？　ご主人さまは何をなさっていますか。

◆ 請問令郎是大學生嗎？　息子さんは学生ですか。

11 家族成員

◆ 我家一共有四個人。　私の家は4人家族です。

◆ 我家有先生、孩子、還有我，一共三個人。　家族は夫と子供3人です。

◆ 我們一共有三姊妹。　三人兄弟の姉妹です。

◆ 我是長子。　長男です。

◆ 這是我的么女。／我是排行最小的女兒。
いちばんした むすめ
一番下の娘です。

◆ 我在三個兄弟姊妹裡排行中間。
さんにんきょうだい ま なか
三人兄弟の真ん中です。

◆ 家裡有父親、母親、還有兩個弟弟，加上我共五個人。
かぞく ちち はは おとうと にんかぞく
家族は父、母、弟の5人家族です。

◆ 我們家有爸爸、媽媽、姊姊、還有我。
わたしの家族は父、母、姉、そして僕です。
かぞく ちち はは あね ぼく

◆ 我們家是個大家庭。
わ や だいかぞく
我が家は大家族です。

◆ 每天時而動怒時而歡笑的，真是熱鬧極了。
まいにちおこ わら いそが
毎日怒ったり笑ったりで忙しいですよ。

◆ 當我前往日本的那段時間，我的家人一直留在台灣。
わたし にほん い あいだ かぞく
▲ 私が日本へ行っている間、家族はずっと
タイワン
台湾にいた。

A:「奥さんによろしくお伝えください。」
おく つた

（請代我向尊夫人問好。）

B:「はい、ありがとうございます。」

（謝謝您的關心。）

◆ 和妻子分離後，我只能獨自堅強地活下去。
つま わか ひとり い
妻と別れ、一人で生きていかなくてはならない。

◆ 戰爭奪走了我的家人。
せんそう かぞく
戦争で家族をなくした。

◆ 那個男人拋下了他的家人，離家出走了。
おとこ かぞく す いえ で
その男は家族を捨てて家を出た。

◆ 別讓家人為你擔心吧。
かぞく しんぱい
家族を心配させないようにしよう。

2 祖父母及父母

1 祖父

CD 16

◆我和爺爺奶奶住在一起。

祖父母（そふぼ）といっしょに暮（く）らしている。

◆爺爺雖然已經高齡九十二了，但還是十分健壯。

おじいさんは92歳（さい）になりますが、とても元気（げんき）です。

◆爺爺和奶奶兩人一起生活。

祖父母（そふぼ）は二人暮（ふたりぐ）らしです。

◆爺爺跟奶奶兩人總是形影不離。

おじいさんとおばあさんはいつも一緒（いっしょ）だ。

◆我有位高齡八十一歲的爺爺。

私（わたし）には81歳（さい）のおじいちゃんがいます。

◆爺爺現在的功力還不輸年輕人喔。

おじいちゃんもまだまだ若者（わかもの）には負（ま）けないぞ。

◆雖然祖父已經七十歲了，身體依然十分硬朗。

祖父（そふ）は70歳（さい）だが、すごく元気（げんき）です。

◆我的爺爺住在鄉下。

おじいちゃんは田舎（いなか）で暮（く）らしている。

◆祖父的嗜好是園藝。

祖父（そふ）は庭（にわ）の手入（てい）れが趣味（しゅみ）です。

◆爺爺告訴了我一些往事。

おじいさんから昔（むかし）の話（はなし）を聞（き）いた。

◆只要和爺爺見面，他老人家必定會提起往昔的事情。

おじいさんに会（あ）うと必（かなら）ずむかしの話（はなし）が出（で）ます。

◆由於爺爺很想找人聊聊天，所以我去陪陪他，聽他說說話。

おじいさんが話をしたがっていたので相手になってあげました。

◆爺爺，您實在太帥了！

おじいちゃん。かっこいい！

◆我的爺爺比較喜歡住在鄉村而不是都市。

祖父は都会より田舎のほうが好きだ。

◆我領到了爺爺給我的新年紅包。

おじいさんからお年玉をいただいた。

2 祖母

◆我的妹妹們是由祖母帶大的。

祖母が私の妹たちの世話をしてくれました。

◆我小時候是由奶奶撫養的。

幼い頃祖母に育てられた。

◆奶奶總是對我非常溫柔。

おばあちゃんはいつも私に優しかった。

◆我向奶奶學習了烹飪技巧。

おばあさんから料理を習いました。

◆祖母的心胸十分寬大。

祖母はとても心が広い。

◆聽說奶奶在少女時代是位絕世美女。

娘時代の祖母は、とても美しい娘だったそうです。

◆我最喜歡和奶奶一起吃早餐了。

祖母との朝食が好きだ。

◆奶奶身體非常健康，每天都去游泳。

おばあさんはとても元気で毎日プールへ通っています。

◆現在的年輕人都沒有煩惱啊！

今の若者は悩み一つもないねえ。

◆奶奶，可是我們也有我們現在的煩惱呀。

僕たちにも悩みはあるんだよ。おばあちゃん。

＊「んだ」是「のだ」的口語形。表示說明情況。

◆祖母的健康狀況不是很好。

祖母は体がよくなかった。

◆奶奶的肩膀似乎會痛。

▲ おばあさんは肩が痛いようだ。

A：「おばあさん、手を引いてあげましょう。」

（奶奶，我們手牽手一起走吧。）

B：「ありがとうございます。でも大丈夫ですよ。」

（謝謝你喔！不過我可以自己走，不會有事的。）

◆爸媽一直照顧著祖母。

両親は今まで祖母の面倒を見てきました。

◆看護照料祖父的只有高齡超過七十歲的祖母一個人。

祖父を介護していたのは70歳を超えた祖母一人だ。

◆我時常照顧奶奶。

時々祖母の世話をした。

◆奶奶，請您來吃飯囉！

おばあさん、ご飯の用意ができましたよ。

◆祖母於去年仙逝了。　　祖母が去年亡くなった。

◆祖母過世後，我覺得
好寂寞。　　おばあさんが亡くなって寂しいです。

◆令我哀痛逾恆。　　僕はすごく悲しかった。

◆我也終於當上奶奶
了。　　私もとうとうおばあさんだわ。

◆您已經有三個孫子了
呀？　　お孫さんが3人もいるんですか？

◆真看不出來您已經當
上祖母了耶。　　とてもおばあさんには見えませんね。

◆好一陣子沒見到她，
沒想到她也頗具老態
了哪。　　しばらく会わないうちに彼女もずいぶんおば
あさんになったなあ。

◆我的孫子已經七歲
了。　　孫が七つになりました。

◆一整天陪孫子玩，真
夠累人的。　　一日中孫の相手をするのも疲れる。

3 雙親

CD 17

◆我的父母都有工
作。　　私の両親は共働きだ。

◆爸爸和媽媽的感情
很好。　　父と母は仲がいいです。

◆他們兩人經常一起
去旅行。　　二人でよく旅行をします。

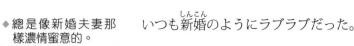

◆總是像新婚夫妻那樣濃情蜜意的。	いつも新婚のようにラブラブだった。
◆他們明明才剛結婚，卻已經像是結婚多年的老夫老妻。	新婚なのに、熟年夫婦のようです。
◆我的爸媽已經結婚二十年了。	両親は結婚してからもう20年になった。
◆他們兩人各自擁有不同的興趣。	二人それぞれの趣味を持っています。
◆我的父母讓我十分引以為傲。	私は両親を誇りに思っています。
◆我努力當個好孩子。	よい子になろうと頑張っている。
◆爸媽對我有太高的期待。	両親は私に過剰な期待をしている。
◆我的女朋友對我的父母有所怨言。	彼女は私の両親に不満がある。
◆不管我做任何事情，爸媽都會加以責罵。	両親は私がやることをいちいちしかる。
◆父母在我很小的時候就過世了。	私は小さい頃に両親を亡くした。
◆我的爸媽現在正在分居。	私の両親は別居中だ。
◆我的爸媽已經離婚了。	両親は離婚した。
◆我的爸媽時常會吵架。	両親は時々喧嘩をすることがある。

◆ 甚至會在三更半夜
大聲叫罵，還互相
扔擲碗盤。

食器が飛び交い、夜中に大声が響き渡ること
もある。

◆ 在吵完架以後，就
立刻和好如初了。

喧嘩した後、すぐ仲直りした。

◆ 我自從結婚以後，
就和父母住在一
起。

結婚してから、両親と一緒に住んでいる。

4 父親（一）

◆ 家父是上班族。

父は会社員です。

◆ 我的爸爸是日本人、
媽媽是韓國人。

父は日本人で、母は韓国人です。

◆ 我的父親非常頑固。

父はとても頑固です。

◆ 他對子女的管教很
嚴格。

子供に厳しいです。

◆ 家父為人嚴謹。

父は厳しい人でした。

◆ 我的爸爸個性非常
沉穩，對任何人都
很溫文可親。

父はとても大人しく、誰にも優しいです。

◆ 我的父親明年65歲。

父は来年65になります。

◆ 家父依然精神奕奕
地工作。

父は元気に働いています。

◆ 家父在旅行社工作。

父は旅行会社に勤めています。

- ◆家父年輕時因適逢戰爭而無法上大學。
  父は若い頃、戦争で大学へいけなかった。

- ◆我的爸爸只知道埋首於工作之中。
  父は仕事に一筋です。

- ◆我的父親是個非常勤勉的人。
  僕の父はすごく勤勉な男である。

- ◆爸爸總是十分忙碌。
  父はいつも忙しい。

- ◆他忙得幾乎沒有時間待在家裡。
  忙しくてほとんど家にいません。

- ◆爸爸，請您工作不忘保重身體！
  お父さん、体に気をつけて仕事をしてください。

- ◆爸爸，謝謝您送我的禮物。
  お父さん、プレゼントありがとう。

- ◆我的爸爸已經退休了。
  父は引退しています。

5 父親（二） CD 18

- ◆我從來不曾和爸爸玩過投接球。
  私は父とキャッチボールをしたことがない。

- ◆爸爸老是數落我。
  父は私に文句ばかり言っています。

- ◆他不曾干涉過孩子。
  子供に干渉しません。

◆我的父親非常重視家人。 ▲ 父は家族をとても大切にします。

A：「ご主人はお元気ですか。」

（請問您的先生別來無恙嗎？）

B：「はい、おかげさまで元気です。」

（是的，託您的福，一切都好。）

◆他嚴格要求家人務必遵守門禁。 門限にうるさいです。

◆爸爸的嗜好是打高爾夫球。 パパの趣味はゴルフです。

◆我和爸爸下了西洋棋。 父を相手にチェスをした。

◆我以前很喜歡騎在爸爸的肩膀上。 父に肩車をしてもらうのが好きでした。

◆這是爸爸給我的手錶。 これは父からもらった時計です。

◆這支鋼筆是父親送給我的生日禮物。 これは誕生日に父からもらった万年筆です。

◆他有時會幫忙做家事。 時々家事の手伝いもします。

◆家父拚了命地工作，把我們這些孩子撫養長大。 父が一生懸命働いて、私たちを育ててくれました。

◆爸爸總是很晚才回家。 父は帰りがいつも遅い。

◆爸爸在媽媽面前抬不起頭。 母に頭があがりません。

◆爸爸以往從不做任何家事。 パパは一切家事をやりませんでした。

◆爸爸深深愛著媽媽。 父はとても母を愛している。

◆我想，就算上了年紀，只要身體還健康就繼續工作。

年を取っても元気なら働こうと思う。

◆我以後要成為像爸爸那樣了不起的醫生喔。

将来は父のような立派な医者になろう。

◆爸爸教導了我種種事物。

父は私に色々なことを教えてくれた。

6 父親（三）

◆我的父親已經過世了。

父は亡くなりました。

◆家父於今年六月過世了。

今年の6月父を亡くしました。

◆聽說令尊已經離世了，真不知該如何表達我的慰問之意。

お父さんが亡くなったそうですね。なんと申し上げたらいいか言葉がありません。

◆令尊在世時，是位非常了不起的人。

あなたのお父さんはとても立派な人でした。

◆我過去曾受過令尊非常多照顧。

昔、あなたのお父さんには大変お世話になりました。

◆我們不能忘了爸爸說過的話喔。

父の言葉を忘れないでおこう。

◆自從家父離開人世後，我才開始體會到父親的想法。

父が死んで始めて父の考えが分かるようになりました。

◆真希望能夠再一次見到已經撒手人寰的父親。

しんだちちにもういちど一度あ会いたい。

7　母親（一）　　　CD 19

◆家母今年五十八歲。

はは母はことし今年、58になります。

◆家母雖然已經高齡八十四了，卻依然非常健康。

はは母は84さい歳になりますが、とてもげんき元気です。

◆她二十歲時就生下了一個男孩。

かのじょ彼女は20歳でおとこ男のこ子のはは母になった。

◆我的媽媽是個家庭主婦。

うちのはは母はせんぎょうしゅふ専業主婦だ。

◆媽媽目前在超級市場裡兼差打工。

はは母はスーパーでバイトをしている。

◆媽媽是學校的老師。

はは母はがっこう学校のせんせい先生です。

◆我的媽媽是個漫畫家。

うちのママはまんがか漫画家です。

◆我的母親是個職業婦女。

はは母はキャリアウーマンです。

◆媽媽過去從早到晚都在工作。

はは母はあさ朝からばん晩まではたら働いていました。

◆媽媽在幫忙爸爸的事業。

はは母はちち父のしごと仕事をてつだ手伝っています。

◆母親總是對父親百依百順。

はは母はちち父のい言うことにしたが従います。

◆我的媽媽同時要兼顧家庭和工作。　母は仕事と家庭を両立させています。

8　母親（二）

◆家母的廚藝十分精湛。　母は料理が上手です。

◆家事全都由媽媽獨自一手包辦。　家事など全部母が一人でやっています。

◆我的母親獨自含辛茹苦地帶大了四個孩子。　母親一人で4人の子を育て上げた。

◆我在照顧公婆。　義理の両親の面倒をみています。

◆她是個居家型的女孩。　彼女は家庭的な人です。

◆假如是跟媽媽一起去倒還好，但是我可不想和爸爸出門。　母となら一緒に行ってもいいけど、父とはいやだ。

＊「けど」是「けれども」的口語形。口語為求方便，常把音吃掉變簡短。

◆家母特別疼愛我。　母は私をとてもかわいがってくれました。

◆家母是個對孩子們非常溫柔的媽媽。　子供たちにとても優しい母でした。

◆只要待在媽媽身邊，就會覺得很安心。　母といっしょにいると安心です。

◆我的媽媽在當義工。　私の母はボランティアをしています。

◆媽媽是我心中的完美女性。　ママは、理想の女性なのです。

9　母親（三）

◆我的媽媽不喜歡做家事。　母は家事が好きではありません。

◆她總是買便利商店的便當充當大家的晚餐。　いつもコンビニのお弁当で晩ご飯を済ませてしまった。

◆我對母親強烈的干涉感到非常痛苦。　母の激しい干渉に苦しんできました。

◆家母是個交際手腕十分高明的人。　母はものすごい社交的な人です。

◆我的媽媽對孩子的管教採取放任態度。　私の母は放任主義です。

◆媽媽很寵弟弟。　母は弟を甘やかします。

◆妹妹太倚賴媽媽了。　妹は母に甘えすぎだ。

◆住在鄉下的媽媽寫了信給我。　田舎の母から手紙が来た。

◆我每天會打一通電話給媽媽。　毎日1回母に電話します。

◆母親節時，送什麼禮物給媽媽好呢？　母の日に何をプレゼントしようか。

◆我想趁媽媽身體還很硬朗時，帶媽媽去東京一遊。　母が元気な間に東京へ連れて行ってあげたい。

◆ 我老是和爸爸起爭執。

▲ 父とけんかばかりしていました。

A：「うちの子はなかなか親の言うことを
　　　聞かないんです。」

（我家的孩子老是不聽爸媽的話。）

B：「どこの子もみんな同じですよ。」

（每一家的孩子都是一樣的呀。）

◆ 爸爸沒收了我的摩托車。

父にオートバイを取り上げられた。

◆ 父親只要一不高興，就會對母親動粗。

父は気に入らないことがあるとすぐ母に手を上げた。

◆ 家父的觀念守舊，只要我超過晚上十點才回到家，就會惹得他勃然大怒。

父は頭が古くて、私が10時を過ぎて帰ると怒るんです。

◆ 我一點也不怕爸媽。

親など少しも怖くない。

◆ 早安！理香。

おはよ！理香。

◆ 禮拜天這麼早就起來啦！

日曜だってのに早おきねぇ。

＊這裡的「って」是「という」的口語形，表示「是…」事物的稱謂，或事物的性質。「叫…的…」。

◆ 媽也難得起這麼早啊！

ママこそ早いね。珍しい…。

◆ 媽媽肚子餓了，做點東西來吃吧！

ママお腹すいた、なんか作って。

◆你也偶爾自己做啊。
人家很忙的。

たまには自分で作りなよ。あたしだって忙しいのよ。

＊「だって」就是「でも」的口語形，表示「就連…」。

◆他根本絲毫不打算
幫忙父母。

彼には親を手伝う気持ちなどなかった。

◆爸爸雖然對你說了
重話，其實他是非
常擔心你的。

お父さんは君にああ言ったけど、ほんとうは心配しているんだよ。

＊「ているんだ」中的「ん」，原本是「の」但在口語上有發成「ん」的傾向。

◆由於父母在我八歲
的時候過世，因此
我是由伯伯撫養長
大的。

8歳のときに親を亡くしたのでおじに育てられました。

◆好一陣子沒和父親
見面，父親的頭髮
全都變白了。

しばらく会わない間に父の髪の毛はすっかり白くなっていた。

◆我在被櫥的深處發
現了父親的日記。

押入れの奥から父の日記が出てきた。

◆從我有了自己的孩
子以後，才終於能
夠體會到父母的心
情。

子供を持ってはじめて親の気持ちが分かるようになった。

◆這間房子是父母給
我的。

この家は親からもらったものです。

◆父親非常疼惜母親。

父は母をとても大事にしています。

3 兄弟姉妹

1 兄弟姉妹（一）

◆ 我有一個哥哥。　　　兄が一人います。

◆ 我有一個弟弟。　　　弟が一人います。

◆ 我是獨生女，沒有兄
弟姊妹。　　　私は一人娘で兄弟がいない。

◆ 我是獨生子／獨生
女。　　　私は一人っ子だ。

◆ 我是長女，下面各有
一個弟弟和一個妹
妹。　　　私は一男二女の長女だ。

◆ 我在兄弟之中排行第
二。　　　私は次男だ。

◆ 我們是三兄弟。　　　私たちは三人兄弟だ。

◆ 弟弟比我小兩歲。　　　弟は私より二歳下です。

◆ 家姊比我大兩歲。　　　姉は私の二つ上です。

◆ 妹妹小我兩歲。　　　妹は二つ年下です。

◆ 舍妹比我小三歲。　　　妹は私の三つ下です。

◆ 哥哥大我三歲。　　　兄は三つ年上です。

◆ 我有個小我三歳的弟弟。　私は三つ下の弟が一人いる。

2　兄弟姉妹（二）

◆ 我是老么。　私は末っ子です。

◆ 妹妹和我是雙胞胎。　妹と私は双子だ。

◆ 我們雖然是雙胞胎，卻一點也不像。　私たちは双子だが、ぜんぜん似ていない。

◆ 我們是同卵雙胞胎姊妹。　私たちは一卵性双子の姉妹です。

◆ 比較小的那個孩子還在讀大學。　下の子はまだ学生です。

◆ 我們兄弟姊妹的感情很好。　兄弟仲はいいです

◆ 姊妹倆不大和得來。　姉妹はあまり性格が合いません。

◆ 時常在一起聊天。　よく話をします。

◆ 經常結伴出門。　よく一緒に出かけます。

◆ 我們分別住在不同的地方。　離れて住んでいます。

◆ 長相很相像。　外見は似ています。

3　哥哥（一）

◆ 家兄目前在貿易公司任職。　兄は貿易会社へ行っています。

◆ 哥哥以前在郵局上班。　兄は郵便局に勤めていました。

◆ 哥哥很會打棒球。　兄は野球が上手です。

◆ 哥哥是個充滿幽默感的人。　兄はとてもユーモアのある人です。

◆ 哥哥有些與眾不同。　兄は少し変わっている。

⇔ 我的哥哥很帥。　兄はかっこいいです。

◆ 哥哥以前很帥。　兄は格好がよかったです。

◆ 我的哥哥很受女生的歡迎。　兄は女性にもてもてです。

◆ 很溫柔的哥哥。　やさしいお兄ちゃんでした。

◆ 哥哥經常照顧我。　兄が私のめんどうをいつも見てくれました。

◆ 我也好想有這樣的哥哥。　あたしもこんなお兄さんほしいなぁ。

＊「あたし」是「わたし」的口語形。口語為求方便改用較好發音的方法。

＊在口語中不加頭銜、小姐、先生等，而直接叫名字，是口語的特色。如：「おいで、さゆり。」（過來小百合。）

◆ 我經常跟在哥哥的後面。　僕はいつも兄の後を追いかけていた。

◆ 我最喜歡哥哥了。　お兄ちゃんのこと、大好きです。

◆ 在所有的兄弟姊妹裡面，我最喜歡大哥。　兄弟の中で、一番上の兄が好きだ。

◆ 我跟哥哥學開車。　　兄から自動車の運転を習っています。

◆ 哥哥教我很多事情。　　お兄さんがいろんなことを教えてくれた。

◆ 哥哥，你回來了喔。　　お兄ちゃん、お帰んなさい。

◆ 你哥哥好棒喔！真羨慕。　　お兄さん、ステキ。いいなぁ。

◆ 哥哥總是保護我。　　▲ 兄はいつも僕のことを守ってくれた。

　　　A：「お兄さん、僕も連れて行ってよ。」

　　　（哥哥，你帶我一起去嘛。）

　　　B：「ああ、一緒においで。」

　　　（好啊，跟我一起走吧。）

◆ 我常跟哥哥手牽手。　　いつも兄と手をつないでいた。

◆ 我哥哥住在東京。　　兄は東京に住んでいます。

4　哥哥（二）　　CD 22

◆ 媽媽比較寵哥哥，沒那麼疼我。　　母は僕より兄のほうが大事なんだ。

◆ 我常跟哥哥吵得不可開交。　　僕と兄はいつも激しく喧嘩をしていた。

◆ 我和哥哥發生爭執時，總是屈居下風。　　喧嘩ではいつも兄に負けている。

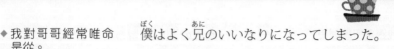

◆ 我對哥哥經常唯命
是從。

僕はよく兄のいいなりになってしまった。

◆ 哥哥都把討厭的工
作丟給我。

兄は嫌な仕事を僕にさせる。

◆ 有個不成材的哥
哥，可辛苦啦！

できの悪い兄貴だと苦労するよ。

◆ 哥哥總是用功讀書
到深夜。

兄はいつも夜遅くまで勉強している。

◆ 哥哥每天工作到很
晚。

兄は毎日夜遅くまで仕事していた。

◆ 哥哥結婚了。

兄は結婚しました。

◆ 哥哥生了重病。

兄は重い病気にかかっています。

5　姉姉（一）

◆ 我和姊姊上同一所
學校。

▲ 姉と学校が同じでした。

A：「お姉さんはあなたよりいくつ上です

か。」

（請問您的姊姊比您大幾歲呢？）

B：「三つ上です。」

（她大我三歲。）

◆ 姊姊經常幫助我。

姉はいつも私を助けてくれた。

◆ 姊姊超喜歡小妹
的。

姉は妹のことが好きで好きで仕方ないです。

◆ 姊姊經常跟我在一
起。

姉はいつも一緒にいてくれた。

◆姉姉幫忙媽媽做了事。　姉は母の手伝いをした。

◆姉姉人很開朗，很會照顧別人。　姉は明るく面倒見がいいです。

◆我姉姉的臉上總是掛著笑容。　姉はいつも笑顔だ。

◆我姉姉很活潑。　姉は明るいです。

◆老姉真的是個很有趣的人。　お姉ちゃんって本当に面白いです。

◆姉姉朋友很多。　姉は友だちが多いです。

◆姉姉不小氣。　姉はけちではありません。

◆姉姉做的料理很好吃。　姉の料理がおいしいです。

◆姉姉喜歡看電影。　姉は映画が好きです。

◆我姉姉會喝酒。　姉はお酒を飲みます。

◆姉姉為我挑選了一件適合我穿的毛衣。　姉が私に合うセーターを選んでくれました。

◆這條裙子是姉姉給我的。　このスカートは姉からもらったものです。

◆只要是姉姉擁有的東西，我什麼都好想要哦。　姉の持ってるものがなんでもほしいんですね。

◆我經常模仿姉姉。　よく姉のまねをする。

◆姉姉，妳在做什麼呀？ お姉ちゃん、何してんの？

> *「何してんの」就是「何しているの」口語時，如果前接最後一個字是「る」的動詞，「る」常變成「ん」。

◆我正在打毛衣呀。是要送給男朋友的。 セーター、編んでいるのよ。彼のためにね。

◆好好喔。我也好想要有人送我親手打的毛衣喔。 いいなあ、僕もこんなのほしいなあ。

◆那就快去交個女朋友，如何？ 早くガールフレンド見つけたら？

> *「たら」是「たらどうですか」是省略後半部的口語表現。表示建議、規勸對方的意思。

6 姉姉（二） CD 23

◆由於父母在我很小的時候就過世了，所以是由姉姉將我一手撫養成人的。 両親が早く亡くなったので、姉が私を育ててくれました。

◆姉姉很優秀。 姉は結構優秀です。

◆姉姉開始一個人過生活。 お姉ちゃんは一人暮らしを始めた。

◆命運老愛捉弄姉姉。 運命はいつも姉にいたずらをしていた。

◆姉姉很少哭。 姉はめったに泣かない。

◆姉姉老是在睡覺。 姉は、いつも寝てばっかりです。

> *「ばっかり」是（老是…）「ばかり」的促音化「っ」口語形。

◆姉姉經常晚歸。 姉は夜遅く帰ることが多い。

◆姉姉到了深夜還沒回到家。　姉は夜遅くまで帰ってきません。

◆姉姉老想著提高年收。　姉はいつも年収アップのことを考えていた。

◆我過去跟姉姉的感情很不好。　私と姉とは仲が悪かった。

◆姉姉像個惡魔。　姉は悪魔のようだ。

◆姉姉的存在對妹妹造成很大的困擾。　妹はいつも姉の存在に悩まされている。

◆姉姉跟媽媽把我當傭人一般使喚。　▲ 姉貴と母さんにこき使われていた。

A：「ほら、お湯が沸いたわよ。」

（你看，水燒開了唷。）

B：「は～い。」

（我來囉～。）

◆跟姉姉老是話不投機半句多。　姉との会話はいつも続かない。

◆姉姉跟媽媽常吵架。　姉と母はよく喧嘩していた。

◆姉姉的男朋友是個很不錯的人。　姉の彼氏はいい人だ。

◆姉姉挑男朋友的眼光極差。　姉は男を見る目がない。

◆姉姉沒有男朋友。　姉は彼氏がいません。

◆我的姉姉在二十三歲那一年結婚了。　姉は23歳のとき結婚しました。

* 「23歳のとき」後省略了「に」。如文脈夠清楚，常有省略「に（へ）」的傾向，其他情況就不可以任意省略。

◆因為姊姊有三個年紀尚幼的小孩，所以非常忙碌。

姉は小さい子が3人いるのでとても忙しいです。

7 弟弟（一）

◆我有一個弟弟。

弟が一人います。

◆弟弟比我小三歲。

弟は三つ下です。

◆我的弟弟還在上學。

弟はまだ学生です。

◆我的身高比弟弟矮。

私は弟より背が低い。

◆弟弟最近長高了。

弟は最近背が伸びてきました。

◆弟弟比我小三歲。

弟は私より3歳年下です。

◆弟弟總是跟狗玩在一起。

弟はいつも犬といっしょに遊んでいる。

◆經常跟弟弟一起玩耍。

いつも弟と遊んでいるのです。

◆弟弟經常笑得很開朗。

弟はいつも明るい声で笑っています。

◆我以前和弟弟住在同一棟公寓裡。

弟と同じアパートに住んでいました。

◆我弟弟一個人住。

弟は一人暮らしです。

◆弟弟的腦筋比我聰明。

私より弟のほうが頭がいい。

8 弟弟（二）

◆ 弟弟老跟大家添麻煩。 　弟はいつもみんなに迷惑をかけていた。

◆ 弟弟是令全家人頭痛的人物。 　弟は一家の厄介者です。

◆ 我時常和弟弟一起惡作劇。 　弟とはよく悪戯をしている。

◆ 小時候，我常和弟弟吵架。 　小さいころ弟とよくけんかした。

◆ 我和弟弟每回碰面總會吵架。 　私は弟と会うたびに喧嘩した。

◆ 我和弟弟長得很像。 　私は弟とよく似ている。

◆ 我也時常會被人誤認成我弟弟。 　私もよく弟と間違えられた。

◆ 由於我和弟弟的聲音很像，所以打電話來的人常分不清楚是誰。 　声が似ているので電話で弟と間違えられます。

◆ 媽媽經常拿弟弟和我比較。 　母は私と弟をよく比べていました。

9 妹妹（一）

◆ 我有小我三歲的妹妹。 　僕には、三つ下の妹がいます。

◆ 妹妹很會耍性子。 　妹はわがままです。

◆ 妹妹是個愛哭鬼。 　妹は泣き虫だ。

◆妹妹很活潑。　　　　妹は明るいです。

◆妹妹經常笑嘻嘻的。　　妹はいつもニコニコ笑っている。

◆你妹妹真是可愛。　　　とてもかわいい妹さんですね。

◆小時候，妹妹長得比　　妹の方がかわいかった。
我可愛多了。

◆有個活潑的妹妹，我　　元気な妹ができて嬉しいです。
真感到高興。

◆我的妹妹非常怕生。　　妹はとても恥ずかしがり屋です。

◆我和妹妹的個性正好　　私と妹は性格が全く正反対でした。
完全相反。

◆我很討厭讀書，可是　　私は勉強が嫌いですが、妹は好きです。
妹妹卻很喜歡。

10　妹妹（二）

◆妹妹總是跟我在一　　妹はいつも私といっしょでした。
起。

◆妹妹想要模仿我的　　妹が私の仕草を真似ようとした。
動作。

◆妹妹最喜歡哥哥，　　妹はいつもお兄ちゃんが大好きであとを追う。
總是跟在他後面。

◆您的妹妹已經長這　　妹さんもずいぶん大きくなりましたね。
麼大了呀。

◆如果您身上帶著令　　妹さんの写真を持っていたら見せてくださ
妹的照片，請借我　　い。
看一看。

◆ 我的妹妹已經成為高中生了。

いもうとこうこうせい
妹が高校生になった。

◆ 妹妹已經進入青春期了。

いもうと ししゅんき はい
妹は思春期に入った。

◆ 最小的妹妹，嫁出去了。

すえ いもうと よめ い
末の妹は、嫁に行ってしまった。

◆ 煩請您幫忙轉告令妹一聲：我明天無法和她見面。

あした お あ いもうと つた
明日はお会いできないと妹さんに伝えて

ください。

◆ 在兄弟姊妹之中，只有妹妹上了大學。

きょうだい なか いもうと だいがく い
兄弟の中で妹だけが大学へ行きました。

11 丈夫及妻子

CD 25

◆ 我的先生是豐田電器公司的職員。

わたし おっと でんき しゃいん
私の夫はトヨタ電気の社員です。

◆ 我們經常陪孩子玩耍。

こども あそ
子供とよく遊びます。

◆ 我的丈夫十分溺愛孩子。

おっと こぼんのう
夫は子煩悩です。

◆ 我的丈夫非常重視家人。

おっと かてい たいせつ
夫は家庭を大切にします。

◆ 我的先生把家裡的事全交給我處理。

おっと いえ わたし
夫は家のことは私まかせです。

◆ 我的先生總是很晚回來。

おっと かえ おそ
夫は帰りがいつも遅い。

◆ 我的太太有工作。

つま はたら
妻は働いています。

◆ 我的太太待在家裡帶小孩。

私の妻は家にいて、子供の面倒をみています。

◆ 我們輪流做家事。

家事は交代してやります。

◆ 結婚七年以後，才終於有了小寶寶。

結婚してから7年たって、やっと子供ができた。

12 兒女（一）

◆ 我有一個兒子和一個女兒。

息子が一人と娘が一人います。

◆ 我的女兒還在讀小學。

娘は小学生です。

◆ 我有三個孩子，已經全都是大學生了。

子供が3人いますが、みんなもう大学生です。

◆ 我家有一個男孩、兩個女孩。

うちには男の子が一人、女の子が二人います。

◆ 我家有我們夫妻倆、兩個孩子、還有岳父母，一共六個人。

うちは私たち夫婦と子供二人と妻の両親の6人家族です。

◆ 我的女兒生了女娃兒囉！

娘に女の子が生まれたんですよ。

◆ 生下了一個男孩。

男の子が生まれました。

◆ 無論是男孩或女孩都一樣好。

男の子でも女の子でもどっちでもいいです。

＊「でも」表示舉個例子來提示，暗示還有其他可以選擇。「…之口」。

◆ 頭一胎希望生個女的。

最初は女の子がいい。

◆接下來希望生個男
孩。

▲次は男の子がほしい。

A：「お子さんはいくつになりましたか。」

（請問您的孩子幾歲了呢？）

B：「10歳になりました。」

（已經十歲了。）

13 兒女（二）

◆我的女兒在四月以
後，就上小學一年
級了。

娘は4月から小学校1年生になります。

◆希望能夠養育出活
潑開朗的孩子。

明るい子供に育って欲しい。

◆母親正牽著男孩的
手。

母親が男の子の手を引いています。

◆陪小孩玩了一整
天。

一日中子供と遊んだ。

◆只可以待在安全的
地方玩耍喔。

危なくないところで遊びなさい。

◆別那麼嚴厲地斥責
小孩！

そんなに子供をしかるな。

◆才只有七歲而已，
已經會一個人搭電
車。

七つなのに一人で電車に乗れる。

◆請問哪裡有賣小男
孩的鞋子呢？

男の子の靴はどこで売っていますか。

◆我想讓兒子去學柔
道。

息子に柔道を習わせたいと思っています。

◆不曉得兒子願不願意去工作呢？

息子が働いてくれないかなあ。

◆女兒每天都很晚才回到家，真令我頭痛萬分。

毎日帰りが遅い娘には頭が痛い。

◆只要一想到女兒已經過了三十歲卻還沒結婚，就讓我就睡不著覺。

30歳を過ぎても結婚しない娘のことを考えると頭が痛い。

◆只要一想到不去上大學的兒子，我就睡不著覺。

大学に行かない息子のことを考えると夜も眠れない。

◆只要一想到孩子們的學費，我就忐忑不安。

子供たちの学費を考えると不安でしょうがない。

◆一定要以長遠的眼光為孩子的成長過程做打算。

子供の成長は長い目で見なくてはなりません。

◆無論孩子長到幾歲，父母永遠都會擔心。

親は子供がいくつになっても心配する。

◆為了供三個孩子上大學，妻子也在工作。

3人の子供たちを大学に上げるために妻も働いています。

◆我的長子正在美國留學。

長男はアメリカに留学しています。

◆我排行老三的兒子沒有結婚。

三男は独身です。

◆我的老大已經結婚了。

上の子は結婚しています。

◆ 我三個孩子裡的老二在上班了。　　真ん中の子は働いています。

◆ 等孩子長大後，希望夫妻倆單獨去國外旅遊。　　子供が大きくなったら、夫婦二人だけで外国旅行をしたい。

4 親戚

1 叔伯姑嬸們

CD 26

◆ 叔叔和家父長得很像。　　おじは父によく似ています。

◆ 舅舅比家母小三歲。　　おじは母より三つ下です。

◆ 我的姑姑是護士。　　おばは看護師です。

◆ 我在阿姨的店裡工作。　　おばの店で働いています。

◆ 叔叔的酒量很好。　　おじは酒が強い。

◆ 小時候，伯父非常疼我。　　子供のころおじにかわいがってもらった。

◆ 住在奈良的叔叔來家裡玩。　　奈良のおじが訪ねてきた。

◆ 舅舅寄了信來。　　おじから手紙が来た。

◆ 住在鄉下的表叔寄來了地方特產。　　田舎のおじさんからお土産が届きました。

◆堂叔和爸爸一起去釣魚了。

おじさんは父と一緒につりに行きました。

◆我去住在東京的伯父家。

東京のおじの家に泊めてもらいました。

◆請問叔叔在和我一樣大的時候，在做什麼呢？

おじさんが僕ぐらいの年のときは何をしていましたか。

◆伯父，非常感謝您幫我送書來。

おじさん、本を送ってくださってありがとうございました。

◆我當年上大學時，是住在山口的阿姨的家裡通學。

▲ 学生のときは山口のおばの家から大学に通っていました。

A：「おばさんはお元気？」

（您的姑姑最近好嗎？）

B：「ええ、おばは元気ですが、おじが少し弱くなりました。」

（嗯，我姑姑很好，不過姑丈的身體有點虛弱。）

◆舅舅，我下個月會去東京，想和您見面。

▲ おじさん、来月東京に行くのでお会いしたいと思います。

A：「おじさんが入院したそうですねえ。」

（聽說您的舅舅住院了喔？）

B：「ええ、病気があそこまで悪いとは思いませんでした。」

（是啊，實在沒有想到病情這麼嚴重。）

◆伯父，祝您早日康復。

おじさん、早く元気になってください。

◆舅舅代替我過世的　　おじは死んだ親の代わりに育ててくれた。
父母，將我撫養成
人。

5 未來的希望與夢想

| 1 | 想從事的工作 | CD 27 |

◆你以後想要從事什　　将来何になりたいですか。
麼行業？

◆你將來想要做什麼　　将来、何をしたいですか。
呢？

◆你想從事什麼工作？　どんな仕事をしたいですか。

◆我還不知道。　　　　まだ分かりません。

◆以後想要在貿易公　　将来は商社で働きたいです。
司工作。

◆未來想要當新聞記　　ジャーナリストになりたいです。
者。

◆將來我想當歌手。　　将来歌手になりたいです。

◆我想要當老師。　　　私は教師になりたいです。

◆媽媽希望我以後能　　母は私が将来先生になることを望んでいる。
夠成為老師。

◆等長大以後，我想　　大きくなったら、弁護士になりたい。
要當律師。

91

◆成為口譯家是我的夢想。　通訳になるのが夢です。

◆我想要從事使用日語的工作。　日本語を使う仕事がしたいです。

2　語學相關

◆我想要會說日語。　日本語が話せるようになりたいです。

◆我的夢想是能夠說日語。　私の夢は日本語を話せるようになることです。

◆我希望能夠說一口流利的日語。　日本語を流暢に話せるようになりたいです。

◆我希望能夠以日語流暢地表達自己想要說的話。　日本語で言いたいことを伝えられるようになりたいです。

◆我希望學習日語的基礎。　日本語の基礎を学びたいです。

◆我希望能夠專精日語。　日本語をマスターしたいです。

◆我希望能夠看懂沒有字幕的電影。　字幕なしで映画がわかるようになりたいです。

◆我想要出國留學。　私は留学したいです。

◆因為我想要投身於和語學有關的事業，最好能在國外工作。　語学関連の仕事がしたいので海外で働きたいです。

◆期望能夠考上想要就
讀的學校。

志望校に合格できますように。

3　工作相關

◆我的夢想是擁有一家
屬於自己的店鋪。

自分の店を持つのが夢です。

◆我想要累積紮實的資
歷。

しっかりとキャリアを積みたいです。

◆我想要在薪資豐厚的
公司工作。

お給料のいい会社で働きたいです。

◆我想要從事具有創作
性的工作。

クリエイティブなことがしたいです。

◆我想要找到適合自己
的工作。

自分に合った仕事を見つけたいです。

◆我想要住在國外。

私は海外に住みたいです。

◆住在國外是我的夢
想。

海外に住むのが夢です。

◆未來想到國外工作。

いつか海外で働きたいと思っています。

4　大大的夢想

◆我已經決定了要成
為一個偉大的科學
家。

立派な科学者になろうと決めました。

◆我想要成為富翁。

お金持ちになりたいです。

◆我想要賺很多錢，成為一個億萬富翁。 お金をたくさん稼いで、億万長者になりたい。

◆我的夢想是能榮獲諾貝爾和平獎。 私の夢はノーベル平和賞を取ることだ。

◆環遊世界是我的夢想。 世界一周旅行をすることは僕の夢だ。

5 結婚成家

CD 28

◆如果能和他結婚就太好了。 彼と結婚できればいいなと思います。

◆我希望能夠遇到一位好男人，和他共築美滿的家庭。 素晴らしい男性に出会い、幸せな家庭を作りたい。

◆我的夢想是結婚並且擁有自己的家庭。 夢は結婚をして家庭を持つことです。

◆我想要擁有自己的家。 自分の家を持ちたいです。

◆我想要成為一個好太太。 いい奥さんになりたいです。

◆想要早點獨當一面，以便孝順父母。 早く自立して、親孝行したいです。

◆如果能夠的話，希望盡早蓋一棟屬於自己的房子。 できるだけ早く、マイホームを建てたいです。

◆只要家人們全都身體健康，就非常幸福了。 家族がみんな健康であれば、それで十分幸せです。

◆ 我希望結婚以後仍然持續工作。 結婚しても仕事は続けたいです。

◆ 我希望在結婚以後辭去工作。 結婚したら仕事はやめたいです。

◆ 等我退休以後，想去南方的島嶼過著悠閒的生活。 退職したら、南の島でのんびり過ごしたいです。

6　為什麼有這樣的夢想

◆ 為什麼？ どうしてですか。

◆ 因為喜歡唱歌。 歌が好きだからです。

◆ 我想從事貿易工作。 貿易の仕事がやりたいです。

◆ 因為很有挑戰性。 やりがいがあるからです。

◆ 因為很有趣的樣子。 面白そうだからです。

◆ 我想開公司。 自分の会社を持ちたいからです。

◆ 因為想再多唸書。 もっと勉強したいからです。

◆ 因為想旅行。 旅行したいからです。

◆ 因為我想留學。 留学したいからです。

◆ 我希望累積工作經驗。 仕事の経験を積みたいからです。

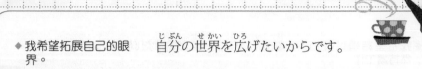

◆ 我希望拓展自己的眼
　界。

自分の世界を広げたいからです。

◆ 我希望認識各式各樣
　的人們。

いろいろな人に会いたいからです。

◆ 我希望能培養出更多
　自信。

もっと自分に自信をつけたいからです。

◆ 我想要挑戰各式各樣
　的事物。

いろいろなことにチャレンジしたいからで
す。

◆ 我想要提昇自己的程
　度。

自分をレベルアップさせたいからです。

◆ 我希望能夠經濟獨
　立。

経済的に独立したいからです。

◆ 我想要開始嘗試某種
　嶄新的事物。

何か新しいことを始めたいからです。

◆ 我希望取得教師資
　格。

教師の資格を取りたいからです。

◆ 我想要擁有更充沛的
　體力。

もっと体力をつけたいからです。

◆ 我希望能瘦身。

やせたいからです。

◆ 我想要健康長壽。

健康で長生きしたいからです。

Chapter 3

我的外表

① 外貌

CD 29

1 詢問對方外貌

◆你的外表看起來如何？　　あなたの外見は？

◆你的爸爸外表看起來如何？　　あなたのお父さんの外見は？

◆你的太太外表看起來如何？　　あなたの奥さんの外見は？

◆請問她長得像誰呢？　　彼女はだれに似ていますか。

◆你長得比較像爸爸還是媽媽呢？　　あなたはご両親のうちどちらに似ていますか。

◆我長得像父親。　　私は父に似ています。

◆我長得像母親。　　私は母親似です。

◆他長得比較像爸爸還是媽媽呢？　　彼はご両親のどちらに似ていますか。

◆他長得像母親。　　彼は母親に似ています。

◆要比的話，我跟爸爸是比較像啦。　　どっちかというと、父親似ですよね。僕は。

＊「どっち」是「どちら」的口語形。疑問詞「どっち」接「かというと」表示「要問…」指示疑問詞的焦點。

◆她長得既不像爸爸也不像媽媽。　　彼女は両親のどちらにも似ていません。

◆她和媽媽長得一模一樣。　　彼女はお母さんと瓜二つです。

◆兄弟三人長得一模一
樣。

兄弟３人そっくりです。

＊「兄弟」後省略了「は」。提示文中主題的助詞「は」在口語
中，常有被省略的傾向。

◆哎呀，跟爸爸長得一
模一樣哪。

まあ、お父さんによく似てるわねえ。

<h2>2 整體的印象（一）</h2>

◆他長得很帥。

彼はかっこいいです。

◆他越來越帥氣了。

彼はだんだん格好よくなってきた。

◆他是個帥哥。

彼はすてきです。

◆他長得很普通。

彼の外見は普通です。

◆她長得很純樸。

彼女は質素な格好をしています。

◆她的外表普普通通
的。

彼女の外見は平均的です。

◆他很英俊。

彼はハンサムです。

◆他的長相雖然英俊瀟
灑，卻不是我喜歡的
類型。

ハンサムだけど、わたし好みの顔じゃないで
す。

＊「じゃ」是「では」的口語形，多用在跟比較親密的人，輕鬆交談時。

◆他長得非常帥。

彼はとてもすてきです。

◆她長得很可愛。

彼女はかわいいです。

◆所有的小寶寶都長得很可愛。　　赤ちゃんはみんなかわいい。

◆小寶寶的手小小的，好可愛喔。　　赤ちゃんの手は小さくてかわいい。

◆令千金變得越來越可愛囉。　　お嬢さん、かわいくなりましたねえ。

◆我那孫子真是可愛極了。　　孫はかわいいですねえ。

◆她長得很美。　　彼女はきれいです。

◆請問有沒有人說過您長得和松嶋菜菜子很像呢？　　松嶋菜々子に似ていると言われたことがありませんか。

3　整體的印象（二）　　CD 30

◆她長得很有魅力。　　彼女は魅力的です。

◆她的氣質很高雅。　　彼女は洗練されています。

◆她非常具有吸引力。　　彼女はチャーミングです。

◆她長得既美麗又可愛。　　彼女はきれいでかわいいです。

◆那位太太多年來一直保持著美麗的容貌。　　あの奥さんはいくつになってもきれいだ。

◆與其說是美女，不如說是可愛類型的。　　美人と言うより、かわいい系です。

◆她的身材就像模特兒般曼妙。　　彼女はスタイルがよくて、モデルのようです。

◆她的妝化得很濃。　　彼女は化粧が濃いです。

◆她讓人感覺不出臉上有擦脂抹粉的模樣。　　彼女は化粧っ気がありません。

◆他一點都不帥。　　彼はかっこよくありません。

◆我長得很高。　　私は背が高いです。

◆比實際年齡看起來年輕。　　私は年より若く見えます。

◆外貌看來雖然年輕，其實已經四十歲了。　　見た目は若いけど、実はもう４０歳です。

＊「けど」是「けれども」的口語形。

◆她總是充滿青春活力呀。　　彼女はいつも若々しいですね。

◆可能是因為過去飽經風霜，看起來比實際年紀還要蒼老。　　苦労してきたせいか、年の割に老けて見えます。

◆爸爸和媽媽都已經不再年輕了。　　父も母も若くなくなりました。

◆爺爺雖然上了年紀，但是心態卻非常年輕。　　おじいさんは年をとっていますが、気持ちはとても若い。

◆我和校長會面後，才知道他非常年輕，讓我吃了一驚。　　校長先生に会ったらとても若いので驚きました。

◆和田先生的太太長得年輕貌美。　　和田さんの奥さんは若くてきれいです。

4 高矮、胖瘦

◆請問您有多高呢？　　背はいくらありますか。

◆一百七十公分。　　170 センチです。

◆我長得很矮。 私は背が低いです。

◆我大約是中等身高。 私の背は中ぐらいです。

◆他長得很胖。 彼は太っています。

◆他太胖了。 彼は太りすぎです。

◆雖然瘦，卻有肌肉喔。 痩せていますが、筋肉はありますよ。

◆最近身材越來越像歐巴桑了。 最近、おばさん体形になってきた。

◆她有點胖。 彼女は少し太っています。

◆乍看之下雖然略胖，但是運動神經似乎高人一等。 一見、小太りですが、運動神経は抜群だそうです。

◆她長得圓嘟嘟的。 彼女はぽっちゃりしています。

◆因為變胖了，所以不得不在皮帶上額外打洞。 太ったのでベルトの穴を開けなくてはならない。

◆我喜歡身材較為豐滿的人。 ぽっちゃり気味の人の方が好きです。

◆他的身材纖瘦。 彼はスリムです。

◆我希望能變得和模特兒一樣纖瘦。 モデルのように細くなりたいです。

◆他長得很瘦。 彼はやせています。

◆這一位的身材纖瘦得幾乎會被風吹走。 飛ばされそうなぐらい華奢な方です。

◆他長得瘦骨嶙峋。　　　　彼はがりがりです。
かれ

5　體型中等、壯碩等

◆他的身材與身高都屬　　彼は中肉中背です。
於中等。　　　　　　　かれ ちゅうにくちゅうぜい

◆大約是中等身材。　　　中肉中背といったところです。
ちゅうにくちゅうぜい

◆真是肌肉結實的優良　　筋肉のしまった良い体をしていますね。
體格呀。　　　　　　　きんにく　　　　い　からだ

◆她的身材既苗條又高　　彼女はスリムで背が高いです
挑。　　　　　　　　　かのじょ　　　　　せ たか

◆她的身材很高挑。　　　彼女はすらっとしています。
かのじょ

◆我的男友身材非常棒　　私の彼は体格がいいですよ。
喔。　　　　　　　　　わたし かれ たいかく

◆他長得很壯碩。　　　　彼はどっしりしています。
かれ

◆他的體格很棒。　　　　彼は体格がいいです。
かれ たいかく

◆她的身材曲線真是棒　　彼女は体の線がすばらしい。
極了。　　　　　　　　かのじょ からだ せん

◆我看到自己映在鏡中　　鏡に映った自分の体を見た。
的體型了。　　　　　　かがみ うつ　　じぶん からだ み

2 五官與身材

1 眼睛、眉毛

CD 31

◆他有一雙大眼睛。　　　彼は目が大きいです。

◆她有一雙炯炯有神的眼睛。　　　彼女は目がぱっちりしています。

✦真希望有雙明亮有神的大眼睛。　　　パッチリした目になりたいです。

◆瑪利亞小姐的眼睛是藍色的。　　　マリヤさんは青い目をしている。

◆她的眼睛很細長。　　　彼女は目が細いです。

◆他的眼尾往上吊。　　　彼の目はつり上がっています。

◆他有一雙銳眼。　　　彼は目が鋭いです。

◆山田小姐的眼神很溫柔，是位美麗的女子。　　　山田さんは目がやさしくてきれいな人です。

◆他有雙深邃的眼眸。　　　彼は奥目です。

◆她的眼睛是單眼皮。　　　彼女は一重です。

◆她的眼睛是雙眼皮。　　　彼女は二重です。

◆她的睫毛很短。　　　彼女はまつ毛が短いです。

◆她的睫毛很纖長。　　　彼女はまつ毛が長いです。

◆她戴著假睫毛。　　　彼女はつけまつ毛をしています。

◆他的眉毛很濃密。　　彼はまゆが濃いです。

◆他的眉毛很稀疏。　　彼はまゆが薄いです。

2　鼻子、嘴巴

◆他的鼻梁很長。　　彼は鼻が長いです。

◆他有顆蒜頭鼻。　　彼はだんご鼻です。

◆他有個鷹勾鼻。　　彼はわし鼻です。

◆他的鼻梁高挺。　　彼の鼻は高いです。

◆歐洲人的鼻子很高　　ヨーロッパ人は鼻が高い。
挺。

◆眼睛大、鼻梁挺。　　目鼻立ちがはっきりしている。

◆她有張櫻桃小嘴。　　彼女は口が小さいです。

◆她的嘴唇很厚。　　彼女は唇が厚いです。

◆她的嘴唇很薄。　　彼女は唇が薄いです。

◆自從過了三十歲以　　30歳を超えてから、シミやしわが増えてき
後，感覺黑斑和皺紋　　た気がする。
似乎越來越多了。

3　臉部大小等

◆我有張圓臉。　　私は丸顔です。

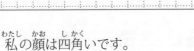

◆我是方形臉。　　　　私の顔は四角いです。

◆他的臉很小。　　　　彼の顔は小さいです。

◆真希望能和安室奈美　安室奈美恵のような小顔になりたいです。
　惠同樣有張小臉蛋。

◆他有張有稜有角的方　彼の顔は角張っています。
　形臉。

◆他有張長臉。　　　　彼は面長です。

◆他有張大餅臉。　　　彼の顔は大きいです。

◆他的臉型細長。　　　彼の顔は細長いです。

◆她的顴骨高突。　　　彼女はほお骨が高いです。

◆他的腮幫子圓鼓鼓　　彼はえらが張っています。
　的。

◆他有個戽斗下巴。　　彼はあごがとがっています。

4　臉部感覺　　　　　　　　　　　CD 32

◆她的五官長得很成　　彼女の顔つきは大人っぽいです。
　熟。

◆長相五官分明。　　　すっきりした顔立ちです。

◆臉蛋長得像混血兒。　ハーフのような顔つきです。

◆她有張娃娃臉。　　　彼女はベビーフェイスです。

◆我常被人家說有張娃娃臉。 よく童顔だと言われます。

◆您長得真像日本的古典美女呀。 純日本風のお顔ですね。

◆我喜歡輪廓深邃的面孔。 彫りが深い顔が好きです。

◆每個人的長相都不一樣。 顔は一人ずつみんな違います。

◆摔傷了臉。 転んで顔をけがした。

5 手腳、肩膀、腰部

◆我有雙大手。 私は手が大きいです。

◆你的手指纖長。 あなたの指は長いです。

◆他的手臂很短。 彼は腕が短いです。

◆由於腿短，所以不適合穿牛仔褲。 足が短いので、ジーンズは似合いません。

◆他的手腳都很長 彼は手足が長いです。

◆假如腿能再長一點，身材可算是很棒的。 足がもう少し長かったら格好いいのに。

◆他的腳骨瘦如柴。 彼は足ががりがりです。

◆他的腿很粗壯。 彼は足が太いです。

◆他有雙小腳。 彼は足が小さいです。

◆小寶寶的腳只有一丁點大，讓我感覺很驚訝。 　赤ちゃんの足が小さいのに驚いた。

◆她的腿很纖細，非常漂亮。 　彼女の足は細くてきれいだ

◆腳趾甲變長了。 　足のつめが伸びた。

◆身材太高大了，結果棉被根本無法蓋住手和腳。 　体が大きくて布団から手や足が出てしまいます。

◆他的肩膀寬闊。 　彼は肩の幅が広いです。

◆他的肩膀窄小。 　彼は肩の幅が狭いです。

◆他的肩膀垂斜。 　彼はなで肩です。

◆她的腰圍粗胖。 　彼女はウエストが太いです。

◆她的腰圍纖細。 　彼女はウエストが細いです。

6　眼鏡與其他

◆他臉上戴著眼鏡。 　彼はめがねをかけています。

◆她戴著隱形眼鏡。 　彼女はコンタクトをしています。

◆在看書的時候會戴眼鏡。 　本を読むときはメガネをかけます。

◆他沒有修剃鬍鬚。 　彼はひげが伸びています。

◆他留著下巴的鬍鬚。 　彼はあごひげを伸ばしています。

◆他蓄有口髭。　　　　彼は口ひげがあります。

◆他長著一臉落腮鬍。　彼は頬ひげがあります。

◆他沒有修剪鬢角。　　彼はもみあげを伸ばしています。

◆我上次刮鬍子是兩年　ひげを剃ったのは二年ぶりなんだ。
　前的事了。　　　　　＊「んだ」是「のだ」的口語形。表示說明情況。

◆妹妹耳朵戴著穿針式　妹は耳にピアスをしています。
　的耳環。

7　曼妙的身材　　　　　　　　　　CD 33

◆請問是不是有在做什　スポーツとかやっているの？
　麼運動呢？

◆身材真是穠纖合度　　スタイルがいいね。
　呀。

◆看起來很年輕呀。　　若く見えるね。

◆既年輕又貌美。　　　若くてきれい。

◆似乎稍微瘦了些吧。　少しやせたよね。

◆真是高雅哪。　　　　品があるね。

◆真是艷麗呀。　　　　華があるね。

◆十分具有成為明星的　スターとしての資質があるね。
　資質喔。

◆就像仙女一般。　　　天女のような。

◆體態十分優美呀。　　　姿勢がいいね。

◆真的是青春又俏麗呀。　本当に若くてきれいですね。

◆簡直就和模特兒一樣漂亮嘛。　モデルさんみたいだね。

8　強健的體魄

◆真強壯豪邁呀。　　　たくましいね。

◆胸膛十分厚實呀。　　　胸板が厚いですね。

◆身材真健壯呀。　　　恰幅がいいですね。

◆格外瀟灑喔。　　　颯爽としているね。

◆風采迷人喔。　　　押し出しがいいね。

◆十分莊嚴磊落喔。　　　堂々としているね。

◆光彩奪人喔。　　　輝いているね。

◆分外鶴立雞群喔。　　　ひときわ目立っているね。

◆真有活力呀。　　　元気だね。

9　化妝

◆她的臉上總是帶著妝。　彼女はいつも化粧している。

◆請問您通常花幾分鐘
化妝呢？

お化粧に何分ぐらいかかりますか。

◆最好不要化太濃的妝
喔。

あまり厚化粧しない方がいいですよ。

◆臉頰的腮紅上得太重
了，看起來有點奇怪。

チークの色が濃すぎてなんか変です。

＊「なんか」「總覺得…」，表示不明確的感覺。

◆我認為化淡妝，給人
清純的感覺比較好。

薄化粧のほうが、清楚な感じで印象がいい
と思います。

◆請人教我化正在流行
的彩妝。

流行りのメイクを教えてもらいました。

◆即使沒化妝也很美麗
喔。

ノーメイクでもきれいですね。

◆絕不給別人看到我沒
化妝的臉孔。

スッピンは誰にも見せられない。

◆不同的臉妝會給人截
然迴異的印象。

メイクによって印象がずいぶん変わります。

◆如果不化妝的話，簡
直就像是另一個人似
的。

化粧しないと別人ですね。

3 髪型

1 髪色 `CD 34`

◆我的頭髮是黑色的。

私の髪は黒いです。

◆長島小姐的秀髮既長又黑。　長島さんの髪の毛は長くて黒い。

◆我的頭髮是褐色的。　私の髪は茶色です。

◆她有一頭金髮。　彼女はブロンドです。

◆請問您有染髮嗎？　髪を染めていますか。

◆我的頭髮是染成褐色的。　私は髪を茶色に染めています。

◆我的頭髮是染成金色的。　私は髪を金髪に染めています。

◆我媽媽的頭髮裡摻有白髮。　私の母は白髪混じりです。

◆她的髮色灰白夾雜。　彼女はごま塩あたまです。

◆我父親的頭髮都發白了。　私の父は白髪です。

◆才不過四十歲而已，頭髮都已經白了。　まだ40歳なのに頭が白い。

◆日本人和中國人的頭髮是黑色的。　日本人や中国人の髪の毛は黒い。

2　自然捲等

◆我是自然捲。　私は天然パーマです。

◆我是自然的捲捲頭。　僕は天然のぐるぐるパーマです

◆我的頭髮原本就會有點亂翹。　もともとちょっと癖毛です。

◆梅雨季節時頭髮就會變得扁塌，真討厭。　梅雨時は髪が広がるので、嫌です。

◆空氣乾燥的話，頭髮就很容易有分岔。　乾燥すると、枝毛ができやすいです。

◆請問您是用什麼方式來保養這一頭柔順的秀髮呢？　髪がサラサラですが、どんなお手入れをしているのですか。

◆真是有光澤的美麗秀髮呀。　つやがあって、きれいな髪ですね。

3 髮型

◆我的頭髮很長。　私は髪が長いです。

◆我的頭髮很短。　私は髪が短いです。

◆她留著一頭俏麗短髮。　彼女はショートカットです。

◆她的髮長及肩。　彼女の髪は肩の長さです。

◆她留著一頭中長髮。　彼女の髪はセミロングです。

◆我有一頭捲髮。　私はカーリーヘアです。

◆我把頭髮燙成波浪捲。　私の髪はウェーブがかかっています。

◆最近流行捲髮。　最近、巻き髪が流行っています。

◆每天早上都自己捲燙頭髮。　毎朝、自分で髪を巻いています。

◆我留一頭直髮。　私はストレートヘアです。

◆我燙了頭髮。　私はパーマをかけています。

◆她把頭髮編成三股麻花辮。　彼女はみつあみをしています。

◆小學時代時常把頭髮中分，編成兩條麻花辮。　小学生のころは、よくおさげにしていました。

◆她把頭髮往後梳紮成髮髻。　彼女は髪をひっつめにしています。

◆她把頭髮盤高。　彼女は髪をアップにしています。

◆梳丸子頭是最近比較受歡迎的髮型喔。　お団子ヘアが最近のお気に入りです。

◆她綁著馬尾。　彼女はポニーテールをしています。

◆最近時常看到有人綁馬尾。　ポニーテールをしている人を、よく見かけるようになりました。

◆她把頭髮全部梳攏紮起。　彼女は髪を一つにまとめています。

◆髮絲都披到臉上了，令人心煩意亂。　顔に髪の毛がかかってうるさい。

4　光頭、禿頭等　CD 35

◆他是個光頭佬。　彼はスキンヘッドです。

◆高中的棒球選手多半剃光頭喔。　高校の野球選手は坊主頭が多いですね。

◆他是禿頭。 　　彼ははげています。

◆他的髮量稀疏。 　　彼は髪が薄いです。

◆我爸爸的頭髮已經變得稀疏了。 　　父は頭が薄くなった。

◆我從五十歲左右，頭髮就開始日漸稀疏了。 　　50歳の頃から髪の毛がだんだん薄くなってきた。

◆請問這是您的真髮嗎？ 　　これは地毛ですか。

◆他戴著假髮。 　　彼はかつらをかぶっています。

5 　讚美漂亮的臉蛋

◆你的笑容好美喔。 　　あなたの笑顔、すてきね。

◆無時無刻都這麼美麗呀。 　　いつもきれいだね。

◆出乎意外的還挺可愛的嘛。 　　意外とかわいいね。

◆好可愛喔。 　　かわいいね。

◆今天也同樣很漂亮呀。 　　今日もきれいだね。

◆真是張小巧瓜子臉哪。 　　小顔だよね。

◆五官分明清秀呀。 　　人相いいですね。

◆長相挺有福氣的呀。 　　福相ですね。

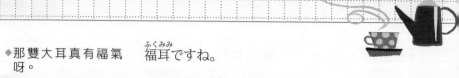

◆那雙大耳真有福氣呀。　福耳ですね。

◆跟倖田來未長得很像哪。　倖田來未に似てるね。

◆笑容真是迷人呀。　笑顔がいいね。

◆哎呀，現在這個笑容真是不錯呀！這樣就對了。下回客人上門的時候，也要麻煩你露出這樣燦爛的笑容喔。　あら、今の笑顔いいじゃない！その調子。今度お客様が来たらよろしくね。

◆皮膚真是晶瑩剔透呀。　肌がきれいね。

◆肌膚的光澤實在與眾不同呀。　肌のつやが違うわね。

◆目光炯炯有神喔。　目ヂカラがあるね。

4 身材胖瘦

1 肥胖　　　　　　　　CD 36

◆最近變胖了。　最近、太り始めました。

◆我有留神別在元月過年期間變胖。　正月太りしないように気をつけています。

◆可能是上了年紀，肚子越來越凸了。　年のせいか、おなかが出てきました。

◆最近長出了雙下巴。　この頃、二重あごになってきました。

結婚以後，可能是日子過得太幸福，似乎變胖了。　結婚して、どうも幸せ太りしてしまったようです。

真希望能減掉這個啤酒肚呀。　このビール腹をなんとかしたいです。

我覺得圓潤一點的人看起來比較可愛。　ちょっとぽっちゃりしている方が可愛いと思います。

我是個胃口超大的瘦子，不管吃了多少都不會長肉。　私は痩せの大食いで、いくら食べても全然太りません。

由於我的體質很容易水腫，所以在睡前會注意盡量不攝取水份。　浮腫みやすいので、寝る前には水分を摂らないようにしています。

因為心情不好而狂吃發洩，結果胖了五公斤之多。　やけ食いして、5キロも太ってしまいました。

2　瘦身

我正在減重。　ダイエットをしています。

希望在夏天來臨之前能再減掉三公斤。　夏までにあと3キロ減らしたいです。

我打算等瘦下來以後，去買那件洋裝。　痩せたら、あのワンピースを買うつもりです。

明明沒吃什麼東西，卻怎麼也瘦不下來。　あまり食べていないのに、一向に痩せません。

請問是用什麼方法瘦下多達十公斤呢？　どんな方法で10キロも痩せたのですか。

◆太瘦的話對身體不好喔。

やせ過ぎは体に良くないですよ。

◆雖然嘗試了○○減重法，卻沒能成功變瘦。

○○ダイエットに挑戦したけど、失敗した。

◆現在不吃甜食和含油量高的食物。

甘いものと脂っこいものを摂らないようにしています。

◆如果可以的話，希望在八月前瘦到 50 公斤以下。

できれば 8 月までに 50 キロを切りたいですが。

◆花三個月就瘦回生產前的體重了。

3 ケ月で出産前の体重に戻りました。

Chapter 4

人格大揭祕

1 個性

1 是個好人

CD 37

◆您的個性如何呢？ あなたはどんな人ですか。

◆令尊的個性如何呢？ あなたのお父さんはどんな人ですか。

◆您的朋友的個性如何呢？ お友達はどんな人ですか。

◆他是個好人。 彼はいい人です。

◆他很體貼溫文。 彼はやさしいです。

◆日本女子很溫柔。 ▲日本の女性は優しい。

A：「どんな人が好き？」

（你喜歡哪種個性的人呢？）

B：「やさしい人がいいわね。」

（我覺得溫柔體貼的人蠻不錯的。）

◆住在鄉下的姑姑對我總是格外慈祥。 田舎のおばは私にいつも優しかった。

◆丈夫對我還有我的家人都非常體貼。 夫は私にも、私の家族にもとても優しいです。

◆很高興能將他撫養成直率敦厚的好孩子。 素直ないい子に育ってくれて、嬉しいです。

◆我希望能夠養育出懂得體貼的孩子。 思いやりのある子に育ってほしいと思います。

120

2 親切、善解人意等

◆他待人十分親切。　　　彼は人当たりがいいです。

◆她很善體人意。　　　　彼女は理解があります。

◆她待人熱情體貼。　　　彼女は温かいです。

◆她心胸真寬大呀。　　　彼女は本当に心が広いですね。

◆您父親真是個寬容為　　お父さんは寛容な方ですね。
　懷的人呀。

◆他的心胸很寬大，只　　彼は心が広いから、ちゃんと謝れば、きっと
　要真誠地向他道歉，　　許してくれる。
　一定會原諒你的。

◆她雖然長相並非特別　　彼女はそれほど美人ではないけれど、心の温
　美麗，卻是個體貼的　　かい人です。
　人。

◆他雖然看起來很恐　　　見た目は怖いですが、打ち溶けやすい人です
　怖，其實很容易和人　　よ。
　打成一片。

◆他雖然長相醜惡，但　　彼は顔は怖いが気持ちは優しい。
　是心地善良。

3 開朗有活力

◆你的個性如何呢？　　　あなたはどんな人ですか。

◆他的個性如何呢？　　　彼はどんな人ですか。

◆她的個性如何呢？　　　彼女はどんな人ですか。

◆我的個性開朗。　　私は明るいです。

◆由於她個性開朗，大家都很喜歡她。　　彼女は明るい性格なので、みんなに好かれています。

◆他充滿活力。　　彼は元気いっぱいです。

◆只要和她在一起，就變得神采奕奕。　　彼女と一緒にいるだけで、元気になれます。

◆我們用開朗的聲音向大家打招呼吧。　　明るい声で挨拶をしましょう。

4　有行動力、幽默等　　CD 38

◆我具有行動力。　　私は行動的です。

◆他很喜歡到戶外活動。　　彼は外に出ることが好きです。

◆他是個很幽默的人。　　彼はおもしろい人です。

◆他經常說些好笑的話。　　彼はいつも面白いことを言う。

◆他喜歡充滿玩心的活動。　　彼は楽しいのが大好きです。

◆他很友善開朗。　　彼は気さくです。

◆她很積極。　　彼女は積極的です。

◆她擅於與人交際。　　彼女は社交的です。

◆她很外向。　　彼女は外向的です。

◆她很樂觀。　　　　　彼女は楽観的（らっかんてき）です。

◆哥哥喜歡引人注目。　兄（あに）は目立（めだ）つのが好（す）きです。

◆她的性格很大而化　彼女（かのじょ）はサバサバしていて、付（つ）き合（あ）いやすい
之，很容易在一起相　性格（せいかく）です。
處。

5　頭腦聰明

◆他的感覺很敏銳。　彼（かれ）はするどいです。

◆他充滿知性。　　　彼（かれ）は知的（ちてき）です。

◆他的頭腦很聰明。　彼（かれ）は頭（あたま）がいいです。

◆她很聰慧伶俐。　　彼女（かのじょ）は利口（りこう）です。

◆她很精明。　　　　彼女（かのじょ）はかしこいです。

◆她處事總是條理井　彼女（かのじょ）は理論的（りろんてき）です。
然。

6　認真與其他項目

◆他個性認真。　　　彼（かれ）はまじめです。

◆他是個熱心的人。　彼（かれ）は熱心（ねっしん）な人（ひと）です。

◆他值得信賴。　　　彼（かれ）は信頼（しんらい）できます。

◆年紀雖輕，卻很穩重　年（とし）の割（わり）にしっかりしていますね。
可靠哪。

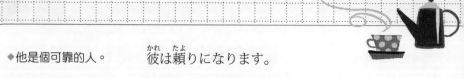

◆他是個可靠的人。　　　彼は頼りになります。

◆他在任何時刻都抱持　　彼はどんな時も前向きです。
　積極的態度。

◆可以仰賴她。　　　　　彼女はあてにできます。

◆她具有責任感。　　　　彼女は責任感があります。

◆自己的事要自己做。　　自分のことは自分でします。

◆她做事一板一眼。　　　彼女はきちんとしています。

◆她是個不會背叛別人　　彼女は裏切らない人です。
　的人。

◆她非常正直。　　　　　彼女は正直です。

◆小林先生真是個進退　　小林さんは実に礼儀正しい方です。
　有禮的人。

◆伊藤先生總是有話直　　伊藤さんはいつもはっきりものを言います。
　說。

◆己所不欲，勿施於人。　自分がされたらいやなことは、人にもしてはい
　　　　　　　　　　　　けません。

7　壞心腸等

◆他的心腸不好。　　　　彼は意地悪です。

◆他很我行我素。　　　　彼は自分勝手です。

◆他很自私自利。　　　　彼は自己中心的です。

◆他很沉不住氣。　　　彼は短気です。

◆雖然很想改進急躁的　　短気な性格を直したいんですが、なかなか
個性，卻遲遲無法如
願。　　　　　　　　うまくいきません。

　＊「んです」是「のです」的口語形。表示說明情況；主張意
　　見；前接疑問詞時，表示要對方做說明。

◆他動不動就發火。　　　彼は怒りっぽいです。

◆他讓人感覺不好相　　　彼はとっつきにくいです。
處。

◆他很頑固。　　　　　彼は頑固です。

◆他很神經質。　　　　彼は神経質です。

◆他很小氣。　　　　　彼はけちです。

◆她是個待人冷淡的　　　彼女は冷たい人です。
人。

8　文靜　　　　　　　　　　　　　　CD 39

◆我的個性文靜。　　　私は静かです。

◆他很內向。　　　　　彼は内向的です。

◆由於他的個性穩重，　　落ち着いているので、年上かと思いました。
還以為年紀比我大。

◆她很被動。　　　　　彼女は受身です。

◆她不擅與人交際。　　　彼女は社交的ではありません。

◆她的個性悲觀。　　　彼女は悲観的です。

◆她很害羞怕生。　　　　　彼女は恥ずかしがりやです。

◆我屬於怕生的類型。　　　私は人見知りするタイプです。

◆她十分感情用事。　　　　彼女は感情的です。

◆他的個性沉穩，總是　　　彼は物静かな性格で、いつも一人で本を読んで
一個人在看書。　　　　　います。

◆弟弟的女朋友是個謙　　　弟の彼女はひかえ目でおとなしい人です。
卑溫婉的好女孩。

9　不可靠

◆她不可靠。　　　　　　　彼女はあてにできません。

◆她沒有責任感。　　　　　彼女は責任感がありません。

◆那個人真是長舌呀。　　　あの人は本当におしゃべりですね。

◆她缺乏幹勁。　　　　　　彼女はやる気がないです。

◆他不值得信賴。　　　　　彼は信頼できません。

◆他並不可靠。　　　　　　彼は頼りになりません。

◆她很懶散。　　　　　　　彼女はだらしないです。

◆她的個性粗枝大葉。　　　彼女は雑な性格です。

◆他似乎常常會說別人的壞話喔。 彼は人の悪口をよく言っているらしいよ。

◆她是個會背叛別人的人。 彼女は裏切る人です。

◆他並不正直。 彼は正直ではありません。

◆都已經三十歲了，竟然還這麼幼稚啊。 30歳というのに、ずいぶん幼稚だね。

10 不守時等

◆他很不守時。 彼は時間にルーズです。

◆他的個性單純。 彼は単純です。

◆他總是光說不練。 彼は口ばかりです。

◆他缺乏幽默感。 彼はおもしろみがないです。

◆他是個乏味的人。 彼はたいくつな人です。

◆他十分工於心計。 彼は計算高いです。

◆他很不穩重。 彼は落ち着きがないです。

◆他氣焰囂張。 彼はいばっています。

◆父親很頑固。 父は頑固です。

◆他的理解能力很遲鈍。 彼は飲み込みが遅いです。

◆她很多嘴。 　　　　彼女はおしゃべりです。

◆她很高傲。 　　　　彼女は気取っています。

◆她很自私。 　　　　彼女は自分勝手です。

11 喜怒無常等

CD 40

◆她擅於操弄別人。 　　彼女は人をあやつるのがうまいです。

◆她很喜怒無常。 　　　彼女は気分屋です。

◆妹妹自我意識很強。 　　妹は自己中心的です。

◆她令人捉摸不定。 　　彼女は気まぐれです。

◆她喜歡追根究柢。 　　彼女は知りたがりです。

◆她非常善妒。 　　　　彼女は嫉妬深いです。

◆沒想到竟會是嫉妒心
那麼強的人。 　　　　こんなに嫉妬深い人とは思いませんでした。

◆她很貪婪。 　　　　彼女は欲張りです。

◆隔壁的太太很小氣。 　　隣の奥さんはけちです。

◆部長人很冷漠。 　　　部長は冷たい人です。

◆以前的個性很陰沉。 　　昔はかなり根暗でした。

◆ 如果過於一毛不拔的話，可就交不到朋友囉。

あまりケチケチしていると、友達ができませんよ。

◆ 他屬於無論對多麼微不足道的事，都會懷恨在心的類型。

彼はどうも小さいことを根に持つタイプのようです。

◆ 並不是討厭對方，只是覺得有點難相處。

嫌いなわけではありませんが、どこかとっつきにくいです。

◆ 人的個性實在不容易改變哪。

人の性格ってなかなか変わるもんじゃないね。

12 內向的個性

◆ 他無論什麼事都想靠自己解決。

彼は何でも自分で解決しようとします。

◆ 他屬於內斂的類型。

彼は内にため込むタイプです。

◆ 女兒的想法非常裹足不前。

娘は極度の引っ込み思案です。

◆ 他雖然表面上很有禮貌，卻讓人摸不清他在心裡盤算些什麼。

彼はとても丁寧だが、心の中では何を考えているのか分からない。

◆ 他構築出屬於自我的世界。

彼は自分の世界をしっかり持っています。

◆ 他把自己關在自我的世界裡。

彼は自分の世界に閉じこもっています。

◆ 她很難敞開自己的內心。

彼女は心をなかなか開きません。

◆ 她是個幾乎不會說出真心話的人。

彼女はなかなか本音を言わない人です。

◆實在讓人不懂這個人到底在想什麼。　何を考えているのかわからない人です。

2 積極與消極的個性

1 積極的

CD 41

◆他的話術高明。　話し上手です。

◆他是個極佳的傾聽者。　聞き上手です。

◆她擅於與人交際。　人付き合いは得意です。

◆她擅於在大眾面前亮相。　人前に出ることは得意です。

◆她擅於提出自己的論點。　自己主張が得意です。

◆他能夠條理清晰地說出想法。　思ったことをはっきりと言えます。

◆他能夠秉持自己的意見。　しっかりと自己主張ができます。

◆他能夠客觀審視事物。　物事を客観的に見ることができます。

◆他遇到挫折時能夠很快地東山再起。　立ち直りが早いです。

◆真是個善解人意的人呀。　よく気がきく方ですね。

2 消極的

◆他不擅言詞。 　　　口<ruby>下手<rt>くち べ た</rt></ruby>です。

◆他不適合當個傾聽者。 　　　<ruby>聞<rt>き</rt></ruby>き<ruby>上手<rt>じょうず</rt></ruby>ではありません。

◆他不喜歡在大家面前亮相。 　　　<ruby>人前<rt>ひとまえ</rt></ruby>に<ruby>出<rt>で</rt></ruby>ることは<ruby>苦手<rt>にが て</rt></ruby>です。

◆他不擅於把物品整理妥適。 　　　<ruby>整理整頓<rt>せい り せいとん</rt></ruby>は<ruby>苦手<rt>にが て</rt></ruby>です。

◆她不擅於表達自己的意見。 　　　<ruby>自分<rt>じ ぶん</rt></ruby>の<ruby>意見<rt>い けん</rt></ruby>を<ruby>言<rt>い</rt></ruby>うことは<ruby>苦手<rt>にが て</rt></ruby>です。

◆她拙於提出自己的論點。 　　　<ruby>自己主張<rt>じ こ しゅちょう</rt></ruby>が<ruby>下手<rt>へ た</rt></ruby>です。

◆她拙於表現情感。 　　　<ruby>感情表現<rt>かんじょうひょうげん</rt></ruby>が<ruby>下手<rt>へ た</rt></ruby>です。

◆他不喜歡團體行動。 　　　<ruby>集団行動<rt>しゅうだんこうどう</rt></ruby>が<ruby>苦手<rt>にが て</rt></ruby>です。

◆他沒有辦法完整地表達想法。 　　　うまく<ruby>自己表現<rt>じ こ ひょうげん</rt></ruby>ができません。

◆他沒有辦法把想到的事情完整表達。 　　　<ruby>思<rt>おも</rt></ruby>ったことをはっきりと<ruby>言<rt>い</rt></ruby>えません。

◆他沒有辦法把想到的事情化為言語。 　　　<ruby>思<rt>おも</rt></ruby>ったことを<ruby>言葉<rt>こと ば</rt></ruby>にできません。

◆她沒有辦法即知即行。 　　　<ruby>思<rt>おも</rt></ruby>ってもすぐに<ruby>実行<rt>じっこう</rt></ruby>できません。

◆她沒有辦法對事物抱持樂觀的態度。 　　　<ruby>楽観的<rt>らっかんてき</rt></ruby>に<ruby>物事<rt>ものごと</rt></ruby>が<ruby>考<rt>かんが</rt></ruby>えられません。

◆她很難轉換情緒。 　　　<ruby>気持<rt>き も</rt></ruby>ちの<ruby>切<rt>き</rt></ruby>り<ruby>替<rt>か</rt></ruby>えがなかなかできません。

3 誇獎良好的人格特質（一）

◆真是勤勞不懈的人呀。 努力家だね。

◆真用功呀。 頑張っているね。

◆您那不斷努力的身影，我一直都看在眼裡喔。 いつも努力しているあなたを見ているよ。

◆你是個使命必達的人哪。 君は必ずやり遂げる人だね。

◆你是個永不氣餒的人呀。 君はあきらめない人だね。

◆真勤奮呀。 まめだね。

◆勤勉的人。 まめな人。

◆在百忙之中仍然保持認真細心的態度哪。 忙しいのにまめだね。

◆真有禮貌喔。 礼儀正しいね。

◆你好有禮貌喔。 君は礼儀正しいね。

◆這句話說得真妙。 いいこと言うなあ。

◆很會察言觀色喔。 空気を読んでいるね。

◆很能與人談古論今喔。 話題が豊富だね。

4 誇獎良好的人格特質（二）

◆他其實是個刀子嘴、豆腐心的人呀。 口は悪いけどいい人だね。

◆一視同仁地對待所有人哪。 分け隔てなく人と接するね。

◆你會給我好建議吧？ いいアドバイスしてくれるよね。

◆一直在身邊守護著，從旁以別的角度觀察著。 そばで見ている、横で別の角度から見る。

◆看到良善事物應當銘記在心。 よいところを見て心に留める。

◆真是精神充沛呀。 はつらつとしてるね。

◆擁有空靈的氣質。 透明感のある。

◆做事真果決哪。 決断力があるね。

◆評判能力很強喔。 判断力が高いね。

◆具有評判能力喔。 判断力があるね。

◆點子很多唷。 アイデアが豊富だね。

5　誇獎良好的人格特質（三）

◆應對真是得體呀。 聞き上手ですね。

◆很會教導別人喔。 教え上手だね。

◆說話簡單明瞭喔。 話がわかりやすいね。

◆真是清新爽朗呀。 さわやかだね。

◆您讓人感覺非常清新爽朗呀。 あなたはとてもさわやかだね。

◆真涼爽呀。	すがすがしいね。
◆讓人感到十分清涼。	清涼感がある。
◆他向人打招呼的方式十分爽朗俐落。	彼の挨拶の仕方はすがすがしい。
◆給人一種乾淨俐落的印象哪。	すがすがしい印象がありますね。
◆跟你一起工作總會讓我感到精神爽朗呀。	君と一緒に仕事をすると、すがすがしい気持ちになるね。
◆他是位德智兼備的人。	あの人はよくできた人だ。

3 習慣

1 喜歡的事（一）

◆我喜歡閱讀。	読書が好きです。
◆在數字裡面，我喜歡3和7。	数の中では3と7が好きです。
◆我喜歡欣賞音樂。	音楽鑑賞が好きです。
◆只要聽到喜愛的歌曲，心情就會平靜下來。	好きな歌手の歌を聴くと、心が落ち着きます。
◆我喜歡觀賞電影。	映画を見るのが好きです。
◆我喜歡看電影。	映画鑑賞が好きです。

134

◆我喜歡運動。　　　　　スポーツが好きです。

◆請問您的興趣是什麼　　▲ 趣味は何ですか。
呢？
　　　　　　　　　　　A：「あなたの好きなスポーツは何です
　　　　　　　　　　　　　か。」
　　　　　　　　　　　（你喜歡什麼運動項目呢？）
　　　　　　　　　　　B：「バスケットボールです。」
　　　　　　　　　　　（我喜歡籃球。）

◆他說一面喝啤酒，一　　ビールを飲みながら、プロ野球を見るのが
面看職棒轉播是最享　　至福の時なんだって。
受的時刻。

◆我喜歡購物。　　　　　買い物が好きです。

◆我喜歡明亮的顏色。　　明るい色が好きです。

◆我喜歡旅遊。　　　　　旅行が好きです。

◆我喜歡去泡溫泉。　　　温泉に行くことが好きです。

◆我喜歡園藝。　　　　　ガーデニングが好きです。

◆我喜歡散步。　　　　　散歩が好きです。

◆我喜歡在雨中漫步。　　私は雨の中を歩くのが好きです。

2　喜歡的事（二）

◆你比較想去美國還是　　アメリカとヨーロッパとではどちらに行き
去歐洲呢？　　　　　　たいですか。

◆我想去歐洲。　　　　　ヨーロッパに行きたいです。

◆我喜歡唱卡拉OK。　　カラオケが好きです。

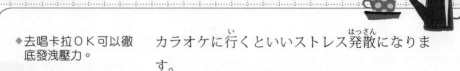

◆去唱卡拉ＯＫ可以徹底發洩壓力。　カラオケに行くといいストレス発散になります。

◆我喜歡到戶外。　外に出ることが好きです。

◆我喜歡和別人一起出門。　人と出かけることが好きです。

◆比起啤酒，我更愛紅酒。　ビールよりワインが好きです。

◆最近這孩子迷上玩扮家家酒。　最近、この子はままごとに夢中です。

◆和朋友談天說地時最快樂。　友達と話している時が一番楽しい。

◆做甜點時，渾然不覺時間過了多久。　お菓子を作っていると、時間が経つのも忘れてしまいます。

◆我最喜歡和男朋友一起看喜歡的ＤＶＤ。　彼と一緒にお気に入りのＤＶＤを見ている時が、一番好きです。

◆聽說那家餐廳的湯，只要喝過一次就會上癮。　あのレストランのスープは、一度食べると病みつきになるって。

*這裡的「って」是「と」的口語形。表示傳聞，引用傳達別人的話。

3　不喜歡的事　　CD 44

◆我討厭上醫院。　病院は嫌いです。

◆雖然我討厭吃肉，可是很喜歡吃魚。　肉は嫌いだけど魚は好きだ。

◆不大想喝酒。　お酒はあまり飲みたくない。

◆最討厭在雨天出門。　雨の日に出掛けるのは嫌いです。

◆夏天太熱了，我不喜歡。

夏は暑くて好きじゃない。

＊「じゃ」是「では」的口語形，多用在跟比較親密的人，輕鬆交談時。

◆我實在很怕搭飛機。

飛行機はどうしても好きになれない。

◆我怕蟑螂。

ゴキブリが怖い。

◆每天都要下廚實在很麻煩。

毎日、料理するのが億劫です。

◆不大喜歡恐怖電影。

ホラー映画は好きじゃありません。

◆實在很怕和經理說話。

部長と話すのはどうも苦手です。

◆盡可能不大想吃辣的東西。

辛いものはできるだけ食べたくありません。

◆還得專程回去拿傘，實在很麻煩。

わざわざ傘を取りに戻るのは、面倒くさいです。

◆只要一想到明天要考試，心情就很鬱悶。

明日テストがあると思うと、憂鬱です。

◆我討厭在難得的假日，什麼也不做地閒晃一整天。

せっかくの休日に、何もしないでだらだら過ごすのは嫌です。

◆我沒有什麼特別討厭的顏色。

特に嫌いな色はありません。

◆沒有人不喜歡花。

花が嫌いな人はいません。

◆請別嚷嚷著說不要，事情還是要麻煩您做。

いやだなんて言わないでやってください。

4 習慣做的事

◆她有咬指甲的習慣。 　彼女はつめを噛む癖がある。

◆請不要抖腳。 　貧乏揺すりするのをやめてください。

◆每天都固定跑五公里。 　一日5キロ走ることを日課にしています。

◆一定會先做好隔天出門前的準備才會睡覺。 　必ず翌日の準備をしてから寝ます。

◆至少每週打一通電話回老家。 　最低でも1週間に1回は実家に電話をします。

◆已經持續寫日記五年以上。 　もう5年以上日記を書いています。

◆每逢週末必定會去練習打網球。 　週末には決まってテニスの練習に行きます。

◆近十年來，每天早上都會喝果汁。 　10年近く、毎朝フルーツジュースを飲んでいます。

◆已經完全養成早睡早起的習慣了。 　早寝早起きの習慣がすっかり身に付きました。

◆每天都不忘澆花。 　毎日、忘れず花に水をやります。

*「毎日」後省略了「は」。提示文中主題的助詞「は」在口語中，常有被省略的傾向。

4 能力跟技能

1 詢問與回答

CD 45

◆請問你除了日語以外，還會其他的語言嗎？	日本語以外の語学はできますか。
◆請問你會哪種運動項目呢？	何かスポーツはできますか。
◆請問你會彈奏什麼樂器嗎？	何か楽器は弾けますか。
◆請問你會使用電腦嗎？	パソコンは使えますか。
◆是的，我會。	はい、できます。
◆基本上，我還算可以。	ある程度はできます。
◆我會一點點。	少しできます。
◆我懂得一些。	少しならわかります。
◆不，我不會。	いいえ、できません。
◆我不大擅長。	あまりうまくできません。
◆我不會。	できません。
◆我完全不會。	まったくできません。
◆我完全不懂。	まったくわかりません。
◆不好意思，我不會。	悪いけれどできません。

2 語學（一）

◆我能夠說流利的日語。
日本語が流暢に話せます。

◆我的日語說得還不錯。
日本語がかなり話せます。

◆我能夠說一點點日語。
日本語が少し話せます。

◆我懂得一點點義大利文。
イタリア語が少しわかります。

◆包含日語在內，我會說三國語言。
日本語を含めて３ケ国語が話せます。

◆如果對方說得很慢的話，我大部分都聽得懂。
ゆっくり話してもらえればだいたい聞き取れます。

◆我能夠與人交談，但是不會書寫。
会話はできますが、書けません。

◆我能夠看懂一些，但是不會說。
ある程度、読んで理解することはできますが、話せません。

◆對方以日語講述的內容我大致都聽得懂。
日本語で相手の言っている内容はだいたいわかります。

◆我沒有辦法完整表達自己想要說的話。
自分の言いたいことがうまく伝えられません。

◆我不太會說日語。
日本語はあまりうまく話せません。

◆我不會書寫文句。
自分で文章を作れません。

◆如果對方說得很快，我就聽不懂他在講什麼。
早く話されると何を言っているのか聞き取れません。

◆我雖然懂文法，但是沒有辦法與人交談。　文法はわかりますが、会話ができません。

◆我就是怎麼樣也擠不出突然想說的那句話。　とっさの一言がなかなか出てきません。

◆我記不得單字語彙。　単語が覚えられません。

3 語學（二）

◆我在語言方面很有天份。　語学は得意です。

◆我擅長日文。　日本語は得意です。

◆我擅長會話。　会話が得意です。

◆我不擅長閱讀和書寫。　読み書きは苦手です。

◆我的聽解能力不佳。　聞き取りが苦手です。

◆我看到文法就怕。　文法は苦手です。

◆只要和人對話我就緊張，所以這方面不太行。　緊張するので会話は苦手です。

◆我不適合學習語言。　私は語学学習に向いていません。

4 運動（一）

◆我會打網球。　テニスができます。

◆我會一點點滑雪。　スキーが少しできます。

◆我的高爾夫球打得相當不錯。 ゴルフがかなりうまいです。

◆我跑步的速度飛快。 走るのが速いです。

◆我是個游泳健將。 泳ぎがうまいです。

◆我跑步的速度很慢。 速く走れません。

◆我沒辦法游太久。 長く泳げません。

◆任何種類的運動我都完全不擅長。 スポーツはまったくできません。

5 運動（二）

CD 46

◆我擅長運動。 運動は得意です。

◆我擅長體能活動。 体を動かすことは得意です。

◆我很會打棒球。 野球が得意です。

◆我擅長水上運動。 マリンスポーツが得意です。

◆我的泳技很棒。 水泳が得意です。

◆我擅長慢跑。 ジョギングが得意です。

◆我不擅於運動。 運動は苦手です。

◆我的運動神經很遲鈍。 私は運動神経が鈍いです。

6 料理與興趣

◆我會下廚。	りょうり 料理ができます。
◆我會彈鋼琴。	ひ ピアノが弾けます。
◆我會彈一點點吉他。	すこ ひ ギターが少し弾けます。
◆我會畫圖。	え か 絵が描けます。
◆我的歌喉不錯。	うた 歌がうまいです。
◆我會打毛線。	あ もの 編み物ができます。
◆我會縫紉。	ぬ もの 縫い物ができます。
◆我的廚藝並不精湛。	りょうり 料理はあまりうまくないです。
◆我的廚藝糟透了。	りょうり 料理はまったくだめです。
◆我對彈奏樂器一竅不 通。	がっき 楽器はまったく弾けません。
◆我的歌喉不怎麼好。	うた 歌はあまりうまくないです。
◆我很不會畫圖。	え へた 絵は下手です。

7 電腦技術

◆我會使用電腦。	つか パソコンが使えます。

143

◆關於電腦，我知之甚詳。　　パソコンについて詳しいです。

◆如果是基本知識，我大致知道。　　基本的なことならわかります。

◆我只會鍵入文字。　　文字入力しかできません。

◆我會收發電子郵件和上網。　　Eメールのやりとりとインターネットはできます。

◆我對電腦幾乎一竅不通。　　パソコンのことはほとんどわかりません。

◆我不會使用電腦。　　パソコンは使えません。

8　工作

◆我擅長文書總務工作。　　事務仕事が得意です。

◆我擅長電腦操作。　　パソコン操作が得意です。

◆我的電話應對相當得體。　　電話の応対が得意です。

◆我擅於彙集整理事物。　　ものごとをまとめるのがうまいです。

◆我擅長招攬業務。　　営業に向いています。

◆我適合和人們面對面接觸的工作。　　人と接する仕事に向いています。

◆我擅長教授知識。　　ものを教えるのは得意です。

◆我擅於做簡報。　　プレゼンテーションが得意です。

144

Chapter **5**

悠閒嗜好

1 詢問與回答

1 詢問喜好與厭惡

CD 47

◆ 請問您喜歡閱讀嗎？　　　読書は好きですか。

◆ 請問您喜歡看電影嗎？　　　映画は好きですか。

◆ 請問您喜歡日文嗎？　　　日本語は好きですか。

◆ 請問您喜歡體能活動嗎？　　　体を動かすことは好きですか。

◆ 請問您喜歡吃辣的食物嗎？　　　辛いものは好きですか。

◆ 請問您對住在國外有興趣嗎？　　　海外に住むことに興味はありますか。

◆ 請問您喜歡唱卡拉OK嗎？　　　カラオケは好きですか。

◆ 請問您喜歡購物嗎？　　　買い物は好きですか。

◆ 請問您喜歡在外面用餐嗎？　　　外食することは好きですか。

2 回答—喜歡

◆ 是的，我喜歡。　　　はい、好きです。

◆ 是的，我有興趣。　　　はい、興味があります。

◆ 我相當喜歡。　　　　　かなり好きです。

◆ 我非常喜歡。　　　　　とても好きです。

◆ 我喜歡得不得了。　　　大好きです。

◆ 我完全沉迷於其中。　　夢中になっています。

◆ 我滿喜歡的。　　　　　けっこう好きです。

◆ 我還算喜歡吧。　　　　まあまあ好きです。

3　回答─普通、討厭

◆ 也不盡然。　　　　　　そうでもありません。

◆ 我並沒有特別喜歡。　　特に好きではありません。

◆ 我不喜歡，也不討厭。　好きでも嫌いでもありません。

◆ 我對高爾夫球／網球沒有興趣。　　ゴルフ／テニスに興味がないです。

◆ 我一點興趣也沒有。　　まったく興味がありません。

◆ 不，我很討厭。　　　　いいえ、嫌いです。

◆ 不，我沒有興趣。　　　いいえ、興味ありません。

◆ 我最討厭那個了。　　　大嫌いです。

◆ 我對那個根本無法忍受。　がまんできません。

CD 48

1 喜歡登山

◆ 我很喜歡爬山。　▲ 山に登るのが好きだ。

　　　A：「富士山に登ったことがありますか。」
　　　（你曾經登過富士山嗎？）

　　　B：「まだなんです。ぜひ一度登ってみたいです。」
　　　（還沒去過。我一定要去爬一次看看。）

◆ 我想要爬阿爾卑斯山。　アルプスに登りたい。

◆ 那座山的標高超過三千英呎。　あの山は3000メートル以上あります。

　　* 「以上」後省略了「が」。如文脈夠清楚，常有省略「が」「に（へ）」的傾向。

◆ 那座山只要五小時左右就能夠攻頂了。　その山は5時間ぐらいで登れます。

◆ 越是往山上爬，溫度就變得越冷。　高く登れば登るほど寒くなる。

◆ 爬山時不要著急，要慢慢走喔。　山に登るときは急がないで、ゆっくり歩こう。

　　* 這裡的「ないで」是「ないでください」的口語表現。表示對方不要做什麼事。

◆ 走了不少路哪。　　けっこ歩くね。

*「けっこ」是「けっこう」的口語形。口語為求方便，常把長音發成短音。

◆ 我以滑雪的方式下了山。　　スキーで山を降りた。

◆ 身體健康的話，應該就能夠爬上高山。　　元気だったなら高い山にも登れたと思います。

2　登山景觀

◆ 山上還有殘雪未融。　　山にはまだ雪が残っている。

◆ 太陽在山的後方逐漸西沉。　　太陽が山の向こうに沈んでいく。

◆ 從山上可以遠眺村莊。　　山の上から遠くの町が見える。

◆ 我想從山上看夜景。　　山から夜景を見たいです。

◆ 從函館山看的夜景，真叫人感動。　　函館山から見た夜景は感動的でした。

◆ 日本是一個多山之國。　　日本は山が多い国です。

◆ 日本第一高山則是富士山。　　日本で一番高い山は富士山です。

◆ 世界第一高峰是聖母峰。　　世界で一番高い山はエベレストです。

*世界最高的聖母峰，標高8848公尺。而日本最高的山是「富士山」，標高3776公尺。

3 美食

1 喜歡吃什麼美食

CD 49

◆ 請問您喜歡吃哪一類的食物呢？

どんな食べ物が好きですか。

◆ 我喜歡吃日式料理。

和食が好きです。

◆ 我非常喜歡吃義大利料理。

イタリアンが大好きです。

◆ 我喜歡吃牛排。

ステーキが好きです。

◆ 我喜歡吃海鮮。

魚介類が好きです。

◆ 我喜歡吃甜食。

甘い物は大好きです。

◆ 我喜歡吃清淡的食物。

さっぱりしたものが好きです。

◆ 我喜歡吃肥膩味濃的食物。

こってりしたものが好きです。

◆ 我喜歡的食物是漢堡肉。

好物はハンバーグです。

◆ 我不太喜歡在外面吃飯。

外食はあまり好きではありません。

◆ 我討厭吃蔬菜。

野菜は嫌いです。

◆ 我不太能吃辣。

辛いものは苦手です。

◆ 您比較喜歡吃西餐，還是吃日式料理呢？　　洋食と和食ではどちらがいいですか。

◆ 我比較喜歡吃日式料理。　　和食のほうがいいです。

◆ 您比較喜歡喝紅酒，還是喝白酒呢？　　赤ワインと白ワインではどちらのほうが好きですか。

◆ 我比較喜歡喝紅酒。　　赤ワインのほうが好きです。

2　為什麼好吃

◆ 那是一家怎麼樣的餐廳呢？　　どんなレストランでしたか。

◆ 那家餐廳很棒。　　いいレストランでした。

◆ 料理非常美味。　　料理が美味しかったです。

◆ 那是一家裝潢時尚的餐廳。　　おしゃれなレストランでした。

◆ 那是一家充滿居家氛圍的餐廳。　　アットホームなレストランでした。

◆ 那家餐廳的氣氛很棒。　　雰囲気がよかったです。

◆ 料理非常好吃。　　料理がとてもおいしかったです。

◆ 店裡的裝潢很華美。　　店内がしゃれていました。

◆ 服務周到貼心。　　サービスがよかったです。

◆價格合理。　　　　　値段が良心的でした。

◆氣氛很差。　　　　　雰囲気が悪かったです。

◆料理難吃極了。　　　料理がまずかったです。

◆店員的態度很糟糕。　店員の感じが悪かったです。

◆那家餐廳價格昂貴、　高くてまずかったです。
　東西又難吃。

4 閱讀

1 喜歡讀的書　　　　　　　　　　CD 50

◆你在讀什麼呢？　　　何を読んでいますか。

◆您喜歡看哪一類的　　どんな本が好きですか。
　書呢？

◆您喜歡哪一位作家　　好きな作家は誰ですか。
　呢？

◆我的興趣是閱讀和　　趣味は読書と音楽鑑賞です。
　欣賞音樂。

◆我喜歡看推理小說。　推理小説が好きです。

◆我喜歡日本文學。　　日本文学が好きです。

◆ 我最喜歡看愛情小說了。　　恋愛小説が大好きです。

◆ 我喜歡紀實文學。　　ノンフィクションが好きです。

◆ 我喜歡看散文。　　エッセイを読むことが好きです。

◆ 我喜歡看漫畫。　　マンガが好きです。

◆ 我經常閱讀短篇文集。　　短編集をよく読みます。

◆ 我喜歡美國的現代文學。　　アメリカの現代文学が好きです。

◆ 我喜歡的書是《紅髮安妮（清秀佳人）》。　　好きな本は「赤毛のアン」です。

◆ 我喜歡的作家是村上春樹。　　好きな作家は村上春樹です。

◆ 我並非特別喜歡閱讀法國文學。　　フランス文学は特に好んで読みません。

◆ 我很喜歡一個人靜靜地看書。　　一人で静かに本を読むのが好きです。

◆ 讀一讀這本書吧。　　この本を読んでみてください。

◆ 我對小說沒有興趣。　　小説には興味がありません。

◆ 我的空餘時間不多，沒有辦法閱讀長篇小說。　　時間がないので長い小説は読みません。

◆ 我不喜歡閱讀。　　読書は好きではありません。

◆ 那本書寫得好不好呢？　　本はどうでしたか。

◆ 故事內容精采嗎？　　ストーリーはどうでしたか。

◆ 非常具有創意。　　クリエイティブでした。

◆ 很引人入勝。　　引き込まれました。

◆ 非常知性。　　知的でした。

◆ 內容很深奧。　　奥が深かったです。

◆ 具有說服力。　　説得力がありました。

◆ 震撼了讀者的心。　　迫力がありました。

◆ 非常具有戲劇性。　　劇的でした。

◆ 我一口氣讀完整本書。　　最後まで一気に読みました。

3　閱讀的感想（二）

◆ 故事的情節發展很有趣。　　物語の展開がおもしろかったです。

◆ 主題很棒。　　テーマがよかったです。

◆ 這裡面記載著對你有所助益的內容。　　役に立つことが書いてあるから。

◆ 文章表現很明確。　　表現が的確でした。

◆ 內容富有節奏感。　　文章にリズムがありました。

◆ 心理層面的描述非常精湛。　　心理描写がよかったです。

◆ 風景的描寫十分鮮活。　　風景の描写が鮮やかでした。

◆ 比喻很巧妙。　　比喩がうまいです。

◆ 充滿詩意的表現手法非常優美。　　詩的な表現がきれいでした。

◆ 他的表述手法瑣碎又冗長。　　表現がくどかったです。

◆ 內容虎頭蛇尾。　　終わりが今ひとつでした。

◆ 內容太膚淺了。　　底が浅かったです。

◆ 看起來很假。　　嘘っぽかったです。

◆ 這本書的內容太難了，即使反覆閱讀，還是看不懂。　　難しくて何回読んでも分からない。

＊「何回」後省略了「を」。在口語中，常有省略助詞「を」的情況。

4　其他閱讀相關　　CD 51

◆ 我送了父親一本書作為生日禮物。　　▲ 父の誕生日に本を贈った。

A：「この中に読みたい本はありますか。」

（這些書裡面，有沒有你想看的呢？）

B：「これが読みたいですね。」

（我想看這一本。）

◆她看得懂葡萄牙文。　彼女はポルトガル語が読めます。

◆教授的新書出版了。　教授が新しい本を出した。

◆這本書既厚又重。　本が厚くて重い。

◆把看完的書歸回了原位。　読んだ本をもとの所においた。

◆不要自己掏錢買書，儘量去圖書館借閱。　本は買わないでなるべく図書館から借ります。

◆上次我借給你的那本書，等你看完後要還給我喔。　この間貸してあげた本、読み終わったら返してね。

◆我正在找西班牙文的書，請問妳知不知道在哪裡可以買得到呢？　スペイン語の本を探しているんですが、どこで売っていますか。

◆在孩子睡覺前念書給他聽。　子供が寝る前に本を読んであげます。

◆我在星期天多半看書，或是到附近散散步，度過閑適的一天。　日曜日はたいてい本を読んだり近くを散歩するなどして過ごします。

＊「だり」表示列舉同口的動作或作用。「有時…，有時…」。

5 雑誌

◆書店裡陳列著各種類型的雜誌。

本屋にいろいろな雑誌が並んでいます。

◆這本雜誌裡面的照片真多呀。

▲この雑誌は写真が多いですね。

A：「その雑誌、面白い？」

（那本雜誌好看嗎？）

B：「うん、読んだら貸してあげるよ。」

（嗯，等我看完以後借你看吧。）

◆這本雜誌每週一上架販售。

この雑誌は毎週月曜日に売り出されます。

◆接二連三地編輯完成新雜誌。

次々と新しい雑誌が作られています。

◆有很多人都會在電車裡看報紙或雜誌。

電車の中で新聞や雑誌を読んでいる人が多い。

◆最近淨看些雜誌，幾乎沒看小說了。

最近は雑誌ばかり読んで小説はあまり読まなくなった。

◆山田先生現在透過閱讀美國雜誌的方式學習英文。

山田さんはアメリカの雑誌を読んで英語の勉強をしています。

◆我沒有自掏腰包買雜誌，而是上圖書館借閱。

▲雑誌は買わないで図書館で読んでいます。

A：「何をして遊ぼうか。」

（我們要不要來玩個什麼遊戲？）

B：「雨が降ってるから、うちの中で漫画を読もう。」

（外頭在下雨，我們待在家裡看漫畫吧。）

◆不要老是只看漫畫喔。　漫画ばかり読んでいてはダメだよ。

6　報紙

◆我每天早上都會先看完報紙再去公司。

▲ 毎朝、新聞を読んでから会社へ行きます。

A：「新聞はどこ。」

（報紙在哪？）

B：「自分で探しなさい。」

（自己去找啦。）

◆時間根本不夠，連報紙也沒辦法看。

▲ 時間がなくて新聞も読めない。

A：「お宅は何新聞を取っていますか。」

（你家訂的是什麼報呢？）

B：「うちは日本経済新聞を取っています。」

（我家是訂日本經濟新聞。）

◆我在報上看天氣預報。

天気予報を新聞で読みます。

◆報上有登昨天的那起火警。

昨日の火事が新聞に載っている。

◆我在報紙上看到日本的足球隊戰勝了義大利隊。

日本がサッカーでイタリアに勝ったことを新聞で読んだ。

◆閱讀報紙對於學習日語是很有幫助的。

新聞を読むのは日本語の勉強のためにとてもいいです。

◆我還沒看過這份報紙，你先別丟喔。

この新聞はまだ読んでないから捨てないでね。

◆雖然報紙每天都會由送報生送來，不過在車站裡的販賣亭也大多有販售。

新聞は毎日、配達してくれますが、駅のキオスクでもたいてい売っています。

5 電腦

1 電腦、網路

CD 52

◆你想買筆記型電腦，還是桌上型電腦呢？

ノートパソコンとデスクトップ、どっちですか。

＊「～と～、どちら」（在…與…中，口個？），表示從兩個裡面選一個。

◆你用的是Windows系統，還是Mac系統呢？

ウィンドウズですか。マックですか。

◆你可以幫我把這份資料燒錄到光碟片上嗎？

このデータ、ＣＤに焼いてくれませんか。

◆你希望我把電子郵件送到你的電腦還是手機裡呢？

▲ メールはパソコンと携帯、どっちに送ったらいい？

A：「このコンピューターの使い方を知っていますか。」

（你知道這種電腦的操作方式嗎？）

B：「ええ、教えてあげましょう。」

（知道呀，我來教你吧。）

◆嗯。我等下再傳簡訊給你。

うん。あとでメールするね。

159

◆ 不好意思～，我剛
買的電腦當機了。

あの〜、新しく買ったばかりのパソコンが動
かないんですけど。

◆ 請問您已經讀過說
明書了嗎？

説明書はお読みになりましたか。

◆ 怎麼看也看不懂。

いくら読んだって分からないんです。

＊「いくら〜だって」（無論多少）是「いくら〜でも」的口語
形。用在強調程度。

◆ 我打不開這個檔案。

ファイルが開けないんです。

◆ 網路有連線嗎？

ネットはつながってますか。

◆ 你有在寫部落格嗎？

ブログってやってますか。

＊這裡的「って」是「という」的口語形，表示人事物的稱謂，或
事物的性質。「叫…的…」。

◆ 來玩電玩吧！

テレビゲームをやりましょう。

◆ 你家裡有那個叫做
印表機的東西嗎？

自宅にプリンターってあります？

◆ 比起用手寫，以電
腦輸入比較快。

手で書くよりパソコンを打つほうが速い。

◆ 現在已經鮮少有公
司不用電腦工作
了。

仕事にコンピューターを使わない会社は少な
いです。

2 電腦壞了

◆ 假如不以正確的方式
操作電腦，就無法
啟動運轉。

▲ パソコンは正しく使わないと動かない。

A：「コンピューターの中はどうなって
いるのだろう。」

（不曉得電腦主機裡面的構造如何？）

B：「難しくて分かりません。」

（太複雜了，我不懂。）

◆ 今天不曉得怎麼了，
眼睛好酸。

今日はなぜか目が疲れる。

◆ 誰叫你一直打電腦
啊。

ずっとパソコンをやっているからですよ。

◆ 我的電腦太舊了，動
不動就會當機。

私のパソコン、古くてすぐフリーズしちゃう
んです。

＊「ちゃう」是「てしまう」的口語省略形。表示完了、完畢；某
動作所造成無可挽回的結果。

◆ 這台電腦最近不大穩
定。

このコンピューター、最近 調子が悪くて。

◆ 不好意思，這台電腦
最近怪怪的。

すみません。このコンピューター、最近 調
子が悪くて。

◆ 那麼請先留在這邊，
我們幫您檢查看看
吧。

じゃあ、お預かりして検査しましょうか。

◆ 請問大約需要多久時
間呢？

時間はどれぐらいかかりますか。

◆ 假如需要修理的話，
我想大約要兩個星
期左右。

修理が必要な場合は2週間ほどかかると思い
ます。

◆ 可是買新的又得花上一筆錢耶。

新しいのを買うのはお金がかかります。

◆ 丟掉舊的又可惜。

捨てるにももったいないです。

◆ 如果要買電腦，可以去秋葉原看看。那裡既便宜，又有很多可以挑選。

パソコンなら秋葉原に行くと安いし、いろいろありますよ。

* 「し」陳述幾種相同性質的事物。「既…又…」。

6 音樂

1 樂器

CD 53

◆ 我在學生時代曾經學過吉他。

▲ 学生のときにギターを習ったことがあります。

A：「バイオリンが弾けますか。」

（請問您會拉小提琴嗎？）

B：「ええ、少し弾けます。」

（嗯，會一點點。）

◆ 我每天都花一個小時練彈吉他。

毎日 1 時間、ギターを練習します。

◆ 我從七歲開始學小提琴至今。

七つのときからバイオリンを習っています。

◆ 麻煩您彈吉他。

ギターを弾いてください。

◆請您彈吉他給我聽。　▲ ギターを聞かせてください。

A：「あなたたちの中で誰かピアノを弾
　　ける人はいませんか。」

（你們這群人裡面，有沒有誰會彈鋼琴的？）

B：「中島さんが上手です。」

（中島小姐很會彈喔。）

◆假如我會彈鋼琴的
　話，不知該有多好
　呀。

ピアノが弾けたならどんなにいいだろう。

◆我正在找會拉大提琴
　的人。

チェロを弾く人を探しています。

2　音樂（一）

◆那場音樂會好不好
　呢？

コンサートはどうでしたか。

◆現場表演精采嗎？

公演はどうでしたか。

◆請問您喜歡什麼類型
　的音樂呢？

どんな音楽が好きですか。

◆請問您有沒有好聽的
　音樂唱片呢？

いい音楽のレコードを持っていませんか。

◆我喜歡日本流行音
　樂。

日本のポップスが好きです。

◆我最喜歡聽西洋流行
　音樂。

洋楽ポップスが大好きです。

◆我是個古典音樂的愛
　好者。

クラシック愛好家です。

◆我喜歡在咖啡廳裡聆聽古典樂的唱片。　喫茶店でクラシックのレコードを聞くのが好きです。

◆我對歌劇十分著迷。　オペラに夢中です。

◆我喜歡聽爵士樂。　ジャズを好んで聴きます。

◆配合著音樂節奏跳了舞。　音楽にあわせて踊った。

◆我非常喜歡聽鋼琴彈奏。　ピアノ音楽がとても好きです。

◆在咖啡廳裡播放著鋼琴演奏音樂。　喫茶店にピアノ音楽が流れていました。

◆我們去聽鋼琴演奏會吧。　ピアノコンサートに行きましょう。

3　音樂（二）

CD 54

◆我喜歡輕音樂。　静かな音楽が好きです。

◆咖啡廳裡播放著柔柔的音樂。　喫茶店には静かな音楽が流れていた。

◆我滿喜歡聽彈奏樂曲的。　楽器音楽が気に入っています。

◆我星期天都去教會彈奏風琴。　日曜日には教会でオルガンを弾きます。

◆我們一起大聲唱歌吧。　口を大きく開けて歌いましょう。

◆ 我喜歡像拉丁音樂那樣節奏輕快的音樂。

ラテン音楽のようなノリのいい音楽が好きです。

◆ 聽輕快的音樂時，心情也會跟著快樂起來。

明るい音楽を聴くと気持ちも明るくなる。

◆ 我喜歡的歌手是絢香。

好きな歌手は絢香です。

◆ 我喜歡的歌手團體是嵐。

好きなグループは嵐です。

◆ 我喜歡的曲子是絢香所演唱的〈歡迎回來〉。

好きな曲は絢香の「おかえり」です。

◆ 我每次聽到那首歌，總會不自覺地想流淚。

その歌を聞くとなぜか泣きたくなります。

◆ 在日記裡寫下了對音樂的熱愛。

音楽への熱い思いを日記に書いた。

◆ 我正在蒐集爵士樂的老唱片。

古いジャズのレコードを集めています。

◆ 現在幾乎都很少人聽唱片，都改聽ＣＤ了。

今はレコードはほとんど使われなくなってＣＤにかわってしまいました。

◆ 她是音樂老師。

▲ 彼女は音楽の先生です。

A：「どんな音楽が好きですか。」

（您喜歡聽什麼樣的音樂呢？）

B：「ジャズが好きです。」

（我喜歡聽爵士樂。）

◆原本放在桌上的吉他，在掉到地上以後就壞掉了。 机の上においてあったギターを落として、壊してしまいました。

◆我不太喜歡重搖滾音樂。 ハードロックはあまり好きではありません。

◆我討厭龐克搖滾樂。 パンクは嫌いです。

◆我沒有特別喜歡的音樂。 特に好きな音楽はありません。

◆我對音樂沒有興趣。 音楽に興味がありません。

4 唱歌

◆您喜歡哪位歌手呢？ 好きな歌手は誰ですか。

◆你知道披頭四的〈Yesterday〉這首歌嗎？ ビートルズの「イエスタデイ」を知ってる？

◆當然知道。 もちろん。

◆這首曲子真好聽哪。 この曲すごくいいね。

◆配樂很好聽喔。 音楽はいいですね。

◆這首歌的歌詞意境很深遠。 この歌は歌詞がいいです。

◆一首淒美的失戀歌曲。 切ない失恋の歌です。

◆他的歌聲真是太嘹亮了。

彼の声は、ホントにいいです。

＊「ほんと」是「ほんとう」口語形。字越少就是口語的特色，省略字的字尾也很常見喔。

◆很開心地歡唱著呢。

気持ちよく歌っていますね。

◆這首歌最適合用來作為晨喚了。

朝の目覚めにぴったりですね。

◆其中包含非常了不起的作品。

中には素晴らしいものがあります。

◆真的獲得了勇氣。

ほんとに勇気をもらいました。

◆足以洗滌心靈喔。

心が洗われますね。

◆讓人心靈平靜的歌曲哪。

心落ち着く歌ですね。

◆請您唱您國家的歌給我們聽。

あなたの国の歌を聞かせてください。

◆我唱了日本歌給外國朋友聽。

外国人の友達に日本の歌を歌ってあげました。

◆我教附近的孩子們唱老歌。

近所の子供たちに昔の歌を教えています。

◆每逢耶誕節的腳步接近，大街小巷都可以聽到〈Jingle Bell〉這首歌曲。

クリスマスが近づくと、ジングルベルの歌が町に流れる。

◆我只要一聽到〈布拉姆斯搖籃曲〉，就會想起自己的母親。

「ブラームスの子守唄」を聞くと母を思い出す。

◆ 山田小姐很會唱歌。　山田さんは歌がうまい。

◆ 我五音不全，真是難為情。　歌が下手なので、恥ずかしいです。

7 電視

CD 55

1 喜歡看什麼電視

◆ 你喜歡看什麼電視節目呢？　好きなテレビ番組は何ですか。

◆ 你喜歡哪位演員呢？　好きな俳優は誰ですか。

◆ 你喜歡哪種類型的人呢？　どんなタイプの人が好きですか。

◆ 今天晚上有沒有什麼好看的節目呢？　今晩は何か面白い番組があるかしら。

◆ 有沒有什麼好看的電視節目呢？　何か面白い番組ある？

◆ 讓我看看喔，有個節目叫做《週六特別節目》。　そうだなあ。「土曜スペシャル」って番組があるけど。

◆ 《週六特別節目》是什麼？　「土曜スペシャル」って？

◆ 我沒什麼特別的嗜好，只喜歡待在家裡看電視。　特に趣味はありませんが、家でテレビを見ることが好きです。

◆ 我喜歡看電視。　テレビを見ることは好きです。

◆那個節目會在後天播放。　　その番組はあさって、放送されます。

◆那齣眾所矚目的連續劇已經開始播映了。　　話題になっていたドラマが始まりました。

◆好像是介紹便宜又好吃的餐廳。　　安くてうまいレストランの紹介だって。

◆我喜歡看綜藝節目。　　バラエティー番組が好きです。

◆我喜歡看歌唱節目。　　歌番組は大好きです。

◆我很喜歡欣賞影集。　　ドラマは楽しんで見ています。

◆我滿喜歡看搞笑節目的。　　お笑い番組はけっこう好きです。

◆我每天都會收看新聞報導。　　ニュースは毎日見ます。

◆我喜歡看的電視節目是《蠑螺太太》。　　好きなテレビ番組は「サザエさん」です。

2　喜歡的原因

◆故事內容也精采絕倫。　　ストーリーは最高です。

◆比原本想像的還要來得有趣。　　思ったより面白かった。

◆劇情也相當有趣。　　内容も面白いです。

◆主角的演技實在是太棒了！　　主役の演技、もう最高でした！

◆ 那個飾演小孩角色
的童星，真是太可
愛了。

あの子役が可愛かったです。

◆ 那個情婦角色真是
個令人厭惡的女人
呀。

あの愛人役は嫌な女ですよね。

◆ 這部連續劇有不少
發人深省之處。

いろいろ考えさせられるドラマでした。

◆ 告訴了我種種道理。

色々なことを教えてくれた。

◆ 謝謝讓我欣賞到這
麼了不起的作品！

素晴らしい作品をありがとう！

3　不喜歡的原因

◆ 我對體育節目沒什麼
興趣。

スポーツを見ることにあまり興味がありません。

◆ 我討厭看娛樂八卦節
目。

ワイドショーは嫌いです。

◆ 你不覺得那部連續劇
的情節，越到後面
越乏味了嗎？

あのドラマ、だんだんつまらなくなってきた
と思いません？

◆ 我很少看電視。

テレビはあまり見ません。

◆ 我不太喜歡看電視。

テレビはあまり好きではありません。

8 電影

1 看電影去了　　　CD 56

◆ 要不要一起去看電影呢？

映画を見に行きませんか。

◆ 好呀，我也想看日本的電影耶。

▲ そうですね。日本の映画が見たいですね。

A：「お時間があるなら映画など見ませんか。」

（既然還有空檔時間，要不要去看場電影呢？）

B：「ええ、いいですね。」

（嗯，好呀。）

◆ 從七號開始會有新電影上映。

七日から新しい映画が始まります。

◆ 請問下一場電影是從幾點開始放映呢？

次の映画は何時から始まりますか。

◆ 從七點半開始。

7時半からです。

◆ 只要有空閒的時間，我經常會去看電影。

時間があるときは、よく映画を見に行きます。

2 喜歡看什麼電影

◆ 您喜歡看什麼類型的電影呢？

どんな映画が好きですか。

◆我喜歡看動作片。　　アクション映画が好きです。

◆我喜歡看愛情電影。　　恋愛映画が好きです。

◆我喜歡看喜劇。　　　　コメディーが好きです。

◆我最喜歡看好萊塢製　ハリウッド映画が大好きです。
　作的電影。

◆我喜歡看懸疑片。　　サスペンス映画が好きです。

◆我喜歡的電影是《鐵　好きな映画は「タイタニック」です。
　達尼號》。

◆我喜歡的男演員是福　好きな俳優は福山雅治です。
　山雅治。

◆我喜歡的女演員是柴　好きな女優は柴咲コウです。
　崎幸。

◆我喜歡的電影明星是　好きな映画スターはトム・クルーズです。
　湯姆‧克魯斯。

◆我喜歡的電影導演是　好きな映画監督は黒澤明です。
　黑澤明。

◆我喜歡的搞笑藝人是　好きなお笑い芸人は田村淳さんだ。
　田村淳先生。

◆請問您比較喜歡古典　クラシックとポップスではどちらがいいです
　音樂或是流行音樂　か。
　呢？

◆我比較喜歡流行音　ポップスがいいです。
　樂。

3　看電影的感想（一）

◆ 電影好不好看呢？　　　映画はどうでしたか。

◆ 您昨天看了什麼電影
　　呢？　　　　　　　　▲ 昨日は何の映画を見ましたか。

　　　　　　　　　　　　　A：「どんな映画だった？」

　　　　　　　　　　　　　（那部電影怎麼樣？）

　　　　　　　　　　　　　B：「とても面白かったよ。」

　　　　　　　　　　　　　（我覺得很好看喔。）

◆ 請問有哪些演員參
　　與那部電影的演出　　その映画に誰が出ていますか。
　　呢？

◆ 有成龍喔。　　　　　　ジャッキーチェンですよ。

◆ 昨天看的那部電影真
　　是太好看囉。　　　　昨日見た映画、すごく面白かったですよ。

◆ 演員的演技如何呢？　　演技はどうでしたか。

◆ 讓我捧腹大笑了。　　　笑えました。

◆ 許久沒有看到這種溫
　　暖人心的電影了。　　久しぶりに温かい映画を見ました。

◆ 從中學習到家人的重
　　要。　　　　　　　　家族の大切さを学びました。

◆ 讓我覺得心底暖暖
　　的。　　　　　　　　心が温まりました。

◆ 賺人熱淚。　　　　　　泣けました。

◆ 打從心底受到了感 心の底から感動しました。
動。

4　看電影的感想（二）

◆ 嚇死我了。　　　　怖かったです。

◆ 影片非常具有藝術 芸術的でした。
性。

◆ 那部電影充滿了想 想像的でした。
像力。

◆ 全片洋溢熱情。　　情熱的でした。

◆ 那是一部喜劇。　　コメディーでした。

◆ 那是一部動作片。　アクション映画でした。

◆ 那是一部驚悚片。　ホラーでした。

◆ 那是一部浪漫片。　ロマンス映画でした。

◆ 那是一部警匪片。　刑事ものでした。

◆ 電影情節非常有趣。話の筋がおもしろかったです。

◆ 故事內容令人動容。ストーリーが感動的でした。

◆ 真是齣絕佳的戲劇。本当に素敵な映画でした。

◆ 劇本很棒。　　　　脚本がよかったです。

◆演員的演技很棒。　　　演技がよかったです。

◆導演很厲害。　　　　　演出がよかったです。

◆拍攝運鏡非常精采。　　カメラワークがよかったです。

◆動作鏡頭張力十足。　　アクションシーンに迫力がありました。

◆畫面美麗如詩。　　　　映像がきれいでした。

◆我已經成為這部戲
的忠實影迷了！　　　もう大ファンになってしまった！

◆我也想要讀一讀原
著小說。　　　　　　原作本も読んでみようと思います。

◆無論哪個城鎮都會
有電影院。　　　　　どこの町にも映画館はあります。

◆許多年輕人把電影
院擠得水洩不通。　　映画館は若い人でいっぱいだ。

5　不喜歡電影的原因

◆我不太喜歡看恐佈
片。　　　　　　　　怖い映画はあまり好きではありません。

◆我討厭驚悚片。　　　　ホラーは嫌いです。

◆我對國片沒有興趣。　　邦画には興味がありません。

◆內容很無聊。　　　　　話がつまらなかったです。

◆演員的演技很差勁。 演技が<ruby>下<rt>へ</rt></ruby><ruby>手<rt>た</rt></ruby>でした。

◆由於沒上映什麼好電影，所以我沒看就直接回家了。 あまりいい<ruby>映画<rt>えいが</rt></ruby>をやってなかったので、すぐ<ruby>帰<rt>かえ</rt></ruby>ってきました。

＊「すぐ」後省略了「に」。

◆電影好像散場了，有大批人潮從電影院裡湧出。 <ruby>映画<rt>えいが</rt></ruby>が<ruby>終<rt>お</rt></ruby>わったらしくて<ruby>映画館<rt>えいがかん</rt></ruby>から<ruby>人<rt>ひと</rt></ruby>が<ruby>大勢<rt>おおぜい</rt></ruby><ruby>出<rt>で</rt></ruby>てくる。

◆無論是哪一部電影都不好看。 <ruby>映画<rt>えいが</rt></ruby>はどれも<ruby>面白<rt>おもしろ</rt></ruby>くなかった。

◆電影院裡禁止吸菸。 <ruby>映画館<rt>えいがかん</rt></ruby>でタバコを<ruby>吸<rt>す</rt></ruby>ってはいけません。

＊「てはいけません」（不准…）。表示禁止。含有根據某種理由、規則，不能做前項事情的意思。

9 運動

1 我喜歡運動（一）

CD 58

◆我喜歡運動。 スポーツは<ruby>好<rt>す</rt></ruby>きです。

◆我喜歡活動筋骨。 <ruby>体<rt>からだ</rt></ruby>を<ruby>動<rt>うご</rt></ruby>かすことが<ruby>好<rt>す</rt></ruby>きです。

◆我喜歡輕度運動。 <ruby>軽<rt>かる</rt></ruby>い<ruby>運動<rt>うんどう</rt></ruby>は<ruby>好<rt>す</rt></ruby>きです。

◆我喜歡可以獨自一個人從事的運動。 <ruby>一人<rt>ひとり</rt></ruby>でやるスポーツが<ruby>好<rt>す</rt></ruby>きです。

◆我喜歡戶外運動。 アウトドアスポーツが<ruby>好<rt>す</rt></ruby>きです。

◆ 我喜歡室內運動。　　　インドアスポーツが好きです。

◆ 我喜歡打球。　　　　　僕は球技が好きです。

◆ 我喜歡團體競賽運　　　団体競技が好きです。
動。

◆ 我喜歡球類運動。　　　球技が好きです。

◆ 我喜歡打網球。　　　　テニスが好きです。

◆ 我目前非常熱衷打高　　ゴルフに熱中しています。
爾夫球。

◆ 我最喜歡水上運動　　　マリンスポーツが大好きです。
了。

◆ 請問您有沒有擅長的　　何か得意なスポーツはありますか。
運動項目呢？

◆ 請問您擅長什麼樣的　　▲ どんなスポーツが得意ですか。
運動？

　　　A：「どんなスポーツが好きですか。」

　　　　（您喜歡什麼樣的運動項目呢？）

　　　B：「そうですね…。スキーやスケートな
　　　　　どの冬のスポーツが好きです。」

　　　　（讓我想一想喔…。我喜歡滑雪、溜冰之類
　　　　　的冬季體育項目。）

2　常做的休閒運動

◆ 常去公園散步。　　　　よく公園を散歩します。

◆ 去游泳池游泳。　　　　プールへ泳ぎに行きます。

◆每天慢跑。　　　　　毎日ジョギングをします。

◆我想去爬山。　　　　山登りに行きたいです。

◆下回我們一起去爬山　今度一緒に山登りに行きましょう。
　吧！

◆好啊！去啊！　　　　いいですね。行きましょう。

◆我最喜歡籃球。　　　バスケットボールが一番好きです。

◆請問您是否從以前　　昔からスポーツをやっているのですか。
　就有做運動的習慣
　呢？

◆因為我很喜歡戶外活　アウトドアが好きで、釣りと登山に行ったり
　動，有時會去釣魚　　します。
　或是爬山。
　　　　　　　　　　　＊「たり」（又是…）。表示動作的並列，從幾個動作之中，例舉
　　　　　　　　　　　　出2、3個有代表性的，然後暗示還有其他的。

◆我很喜歡觀看電視轉　テレビでスポーツを見るのが好きです。
　播的體育競賽。

3 定期做的休閒運動

◆我有上健身房的習　　ダイエットも兼ねて、ジムに通っています。
　慣，也順便減重。

◆最近開始練空手道。　最近、空手を始めたんです。

◆我最近對水上運動產　▲最近、マリンスポーツに興味があります。
　生興趣。
　　　　　　　　　　　A：「いい体をしてるけど、何かスポーツ
　　　　　　　　　　　　をやってるの？」

　　　　　　　　　　　（你的體格真好，是不是有在做什麼運動
　　　　　　　　　　　　呢？）

B:「学生のときはいろいろしましたが、
　今は何もしていません。」

（我在念書時曾參與各式各樣的運動，但
是現在完全沒做運動了。）

◆ 為了身體健康，持續
每星期慢跑一次。

健康のために、週に一度はジョギングをし
ています。

◆ 一星期做兩次運動。

週二回スポーツをします。

＊「週」後省略了「に」。

◆ 每星期一、三都會上
健身中心。

毎週月水曜日はジムに通ってるんです。

＊「んです」是「のです」的口語形。表示說明情況。「月水曜
日」是「月曜日、水曜日」的簡略說法。

◆ 我們高中的運動風氣
很旺盛。

うちの高校はスポーツがとても盛んです。

◆ 從年輕時候就是田徑
隊的選手。

若い時は陸上の選手でした。

◆ 在大學時曾經參加過
全國籃球大賽。

大学時代、バスケットで全国大会に出場した
ことがあります。

4　沒時間、沒興趣

CD 59

◆ 我對運動沒有興
趣。

スポーツには興味がありません。

◆ 我原則上討厭運
動。

基本的に運動は嫌いです。

◆ 我不擅長運動。

私はスポーツが苦手です。

◆ 自從我出社會後，就完全沒做過運動了。

社会人になってから、全然運動しなくなりました。

* 「社会人になってから」後省略了「は」。

◆ 雖然想開始做做運動，可是卻忙得難以抽出時間。

何か運動をしたいけど、忙しくてなかなかできないんです。

* 「けど」是「けれども」的口語形。「なかなか」後接否定，表示不像預想的那樣容易。

5　球類運動

◆ 打網球嗎？

テニスをしますか。

◆ 我在學生時代曾經打過網球。

学生時代、テニスをやってたんです。

◆ 有時打保齡球。

時々ボウリングをします。

◆ 我常打網球。

よくテニスをします。

◆ 我不常打高爾夫球。

ゴルフはあまりしません。

◆ 我們一起打棒球吧！

みんなで野球をしましょうか。

◆ 如果是棒球和足球這兩項，您比較喜歡哪一項呢？

野球とサッカーだったら、どっちが好きですか。

◆ 請問您是哪支球隊的球迷呢？

どこのチームのファンですか。

◆ 請問您有沒有看過昨天的比賽呢？

昨日の試合、見ましたか。

6 足球

◆請問您會踢足球嗎？　　サッカーができますか。

◆請問您踢什麼位置　　　ポジションはどこですか。
　呢？

◆我是守門員。　　　　　ゴールキーパーです。

◆請問是不是有人得分　　誰が得点を入れたのですか。
　了呢？

◆八號選手射門得分　　　8番の選手がゴールを決めました。
　了。

◆那可是個難得的大好　　せっかくのチャンスだったのに、シュートが
　機會，竟然沒能射　　　外れた。
　進。

◆有更換過球員了嗎？　　メンバーチェンジはありましたか。

◆日本隊會出賽世界盃　　日本チームはワールドカップに出場します
　嗎？　　　　　　　　　か。

◆第一回合就打輸被淘　　1回戦で敗退してしまった。
　汰了。

◆進入了延長賽。　　　　延長戦に突入しました。

7 網球

◆可以使用公園裡的網　　公園のテニスコートを使うことができます
　球場嗎？　　　　　　　か。

◆那一球很不容易接。　　あのボールをレシーブするのは難しい。

◆球拍線斷了。　　　　　ラケットが破れてしまった。

◆她不只比單打，連雙　　彼女はシングルだけじゃなく、ダブルスにも
打也有出賽。　　　　　出場します。

* 「だけじゃなく～も」（不僅…也）是「だけでなく～も」的口
語形。表示兩者都是之意。

◆球掛網了。　　　　　　ボールがネットに引っ掛かりました。

◆無法順利打出高球。　　トスが上手く上がりません。

◆這個得分，導致雙　　　このポイントは長い打ち合いになりました。
方就此展開了拉鋸
戰。

◆他發的球速度相當　　　彼のサーブはスピードがあります。
快。

◆沒有想到世界排名　　　なんと世界ランキング1位の選手が負けまし
第一的選手竟然輸　　　た。
了。

◆請問曾經出賽過溫布　　ウインブルドンに出場したことがあります
頓網球公開賽嗎？　　　か。

8　棒球　　　　　　　　　　　　　CD 60

◆今天比賽的對手是鄰　　今日の試合の相手は隣の町の高校だ。
村的高中。

◆在同分的狀況下進行　　同点のまま9回裏まできました。
到九局下半。

◆比數非常接近，遲遲　　接戦でなかなか勝負がつかない。
無法分出勝負。

◆第二回合以平手收場。　第二戦は引き分けに終わりました。

◆在兩隊都沒有得分的情況下進入了延長賽。　両チーム無得点のまま、延長戦に入りました。

◆巨人隊以三分領先。　巨人が3点リードしています。

◆在對手暫時領先兩分的情況下進入下半場。　2点のリードを許して、後半戦に入りました。

◆很遺憾地遭到對方反敗為勝。　残念ながら逆転負けしました。

◆以0比3的比數獲勝／落敗了。　0対3で勝ちました／負けました。

◆以10比0獲得了壓倒性的勝利。　10対ゼロで圧勝しました。

◆既然對手是小孩，那就沒辦法和他一較高下了。　相手が子供では競争にならない。

◆很可惜地以1比0的些微差距而落敗了。　1対ゼロで惜敗しました。

◆今天棒球比賽的結果如何呢？　今日の野球の試合はどうだった?

◆聽說是3比8。　3対8だって聞いたけど。

◆也就是說打輸了吧。　負けたって言うわけだな?

◆嗯，就是這麼回事。　うん、そういうこと。

9　游泳

◆我們學校的游泳池已經蓋好了。　私たちの学校にプールができました。

◆游泳池從七月一號開始開放。　7月1日からプールが始まります。

◆要游過這條河，實在輕而易舉。　この川を泳ぐなんて簡単だ。

◆暑假時，我每天都去了泳池游泳。　夏休みは毎日プールで泳ぎました。

◆我們去海邊游泳吧。　海で泳ごう。

◆我只會游蛙式。　私は平泳ぎしか泳げません。

◆他似乎很擅長游自由式。　彼はクロールが得意だそうです。

◆我的狗可以用狗爬式游五十公尺喔。　僕の犬は犬掻きで50メートル泳げるよ。

◆請問您最多可以游幾公尺呢？　最高何メートル泳げますか。

◆我可以在一分鐘之內游完一百公尺。　100メートルを1分で泳げる。

◆即使游泳的時間不多，只要每天持之以恆就會進步。　少しずつでも毎日泳げば上手になる。

◆比起在游泳池，我更喜歡去海邊游泳。　プールよりも海で泳ぐ方が好きだ。

◆我不敢潛到水底下。　水に潜るのが怖いです。

◆雖然很想游泳，可是水溫太低了，沒有辦法游。 泳ぎたいけど水が冷たすぎて泳げない。

◆在游泳池跳水很危險。 プールに飛び込むのは危ない。

◆如果下週日天氣晴朗的話，要不要去海水浴場呢？ 来週の日曜日、晴れたら海水浴に行きませんか。

◆您會衝浪嗎？ サーフィンできる？

◆因為不會游泳，只在沙灘上玩。 泳げないので、砂浜で遊びます。

◆去沖繩玩深潛。 沖縄へスキューバダイビングに行きます。

◆今天忘了帶泳衣。 今日は水着を忘れてきました。

◆我們先沖個澡，再進入泳池吧。 プールに入る前にシャワーを浴びよう。

◆從泳池上來後，要沖洗眼睛。 プールから上がったら目を洗います。

10 工作

1 工作的喜好 CD 61

◆請問您喜歡什麼樣的工作呢？ どんな仕事が好きですか。

◆ 我喜歡文書總務方面的工作。

事務仕事が好きです。

◆ 我喜歡和人們面對面接觸的工作。

人と接する仕事が好きです。

◆ 我喜歡招攬業務。

営業が好きです。

◆ 我討厭接待客戶的工作。

接客は嫌いです。

◆ 我喜歡使用勞力的工作。

体を動かす仕事が好きです。

◆ 我喜歡單獨作業。

一人で作業することが好きです。

◆ 我不太喜歡文書總務方面的工作。

事務仕事をするのは好きではありません。

◆ 請問您比較喜歡文書總務工作，還是使用勞力的工作呢？

事務仕事と体を動かす仕事とではどちらがいいですか。

◆ 我比較喜歡文書總務工作。

事務仕事のほうが好きです。

Chapter 6

假日出遊

1 敍述計畫

1 問假日的安排

CD 62

◆你明天要做什麼呢？　　　明日、何をしますか。

◆你這個星期天要做什麼呢？　　今週の日曜日何をしますか。

◆請問您平常放假時做些什麼呢？　　休日はいつも何をしているんですか。

*「んです」是「のです」的口語形。前接疑問詞「何」，表示要對方做說明。

◆下星期會在隅田川舉行煙火大會喔。　　来週、隅田川で花火大会がありますよ。

*「来週」後省略了「は」。提示文中主題的助詞「は」在口語中，常有被省略的傾向。

2 做事

◆我要做工作。　　　仕事をします。

◆我大概會工作。　　たぶん仕事をします。

◆如果還有精力的話，就會做工作。　　元気があれば仕事をします。

◆我的工作堆積如山，所以我想應該會去公司。　　仕事が山ほどあるので会社に行くと思います。

◆我想週末應該會忙著工作。　　週末は仕事で忙しくなると思います。

◆我猜，或許會去京都出差。　　京都に出張するかもしれません。

3 出門

◆我想應該會出門。　　　で かけると思います。

◆我猜或許會出門。　　　で かけるかもしれません。

◆如果有空的話就會出門。　暇だったら出かけます。

◆假如興之所至就會出門。　気が向いたら出かけます。

◆如果不累的話就會出門。　疲れていなければ出かけます。

◆假如天氣晴朗的話就會外出。　天気が良ければ外出します。

◆現在正值折扣季，或許我會去購物。　セールをやっているので買い物に行くかもしれません。

◆今年打算穿和式浴衣去參加夏季祭典。　今年は浴衣を着て夏祭りに行くつもりです。

◆因為我必須運動，我想應該會去散步。　運動が必要なので散歩をすると思います。

◆我去上烹飪課程。　私は料理教室に通っています。

◆最近開始學茶道。　最近、茶道を習い始めました。

4 和別人一起出門

◆如果沒有工作要忙的話，大概會和朋友外出。　仕事がなければたぶん友達と出かけます。

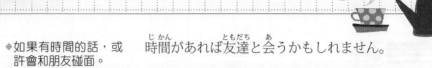

◆如果有時間的話，或
　許會和朋友碰面。

時間があれば友達と会うかもしれません。

◆如果時間湊得上的
　話，我想應該會跟朋
　友出去。

予定が合えば友達と出かけると思います。

◆我已經很久沒有見到
　爸媽了，打算去看看
　他們。

しばらく会っていないので、両親に会いにいく
つもりです。

◆昨天帶了小孩去遊樂
　園玩。

昨日は子供を遊園地に連れていきました。

◆我想去看看兒子／女
　兒過得怎麼樣了。

息子／娘がどうしているか様子を見に行こうと
思います。

◆和朋友一起去泡溫泉
　舒展筋骨。

友達と温泉に行ってのんびりします。

◆如果工作比較早結束
　的話，我會和公司的
　同事去喝兩杯。

仕事が早く終わったら職場の人と飲みに行きま
す。

5　想去旅行　　　　　　　　　　　　　CD 63

◆我想週末應該會去旅
　行。

週末は温泉に行くことになると思います。

◆我想來趟小小的旅程
　以便透一透氣。

気分転換にプチ旅行をすると思います。

◆只要一放假，就會和
　家人到處玩。

休みになると家族であちこち出かけます。

◆如果機票便宜的話，
　或許會去歐洲旅行。

飛行機代が安ければヨーロッパに行くかもしれ
ません。

◆如果有錢有閒的話，
　也許會去國外旅遊。

時間とお金があれば海外旅行をするかもしれま
せん。

◆等我存夠錢了以後，會去美國。　お金がたまったらアメリカに行きます。

6　待在家裡

◆大概會待在家裡。　おそらく家にいます。

◆通常多半待在家裡。　家にいることが多いです。

◆我很累了，不會出門。　疲れているので出かけません。

◆我想要好好休養一下，應該會待在家裡。　休養を取りたいので家にいると思います。

◆我提不起勁外出，應該會留在家裡。　出かける気分ではないので家にいると思います。

◆很有可能待在家裡打掃。　おそらく家にいて掃除をします。

◆週末多半在家裡看電影影片。　週末はだいたい家で映画を鑑賞します。

◆我想應該會睡到日上三竿。　たぶん遅くまで寝ていると思います。

◆或許會有朋友來家裡找我玩。　友達が遊びに来るかもしれません。

7　還沒有決定行程

◆我現在還不清楚。　まだはっきりしていません。

◆我還不知道。　まだわかりません。

◆我還沒決定。　まだ決めていません。

◆等一下／明天再決定。　後で／明日決めます。

◆要看工作的狀況如何。　仕事の状態によります。

2 休閒活動

1 詢問休假的活動　　CD 64

◆你在週末會做些什麼活動呢？　週末は何をしますか。

◆你在星期六會做些什麼活動呢？　土曜日は何をしますか。

◆你在星期天會做些什麼活動呢？　日曜日は何をしますか。

◆你在閒暇的時間會做些什麼活動呢？　自由な時間は何をしますか。

◆你是如何度過週末的呢？　週末はどのように過ごしますか。

◆你是如何度過假日的呢？　休みの日はどのように過ごしますか。

◆你是如何度過暑假的呢？　夏休みはどのように過ごしますか。

◆你是如何度過這次的連續假期的呢？　3連休はどのようにして過ごしましたか。

◆你是如何度過聖誕節的呢？　クリスマスはどのように過ごしますか。

◆你是如何度過新年的呢？　お正月はどのように過ごしますか。

◆請問您在休假日會不
會去哪裡玩呢？

休みの日はどこかに出かけたりしますか。

* 「たり」表示列舉同類的動作或作用。「有時…，有
時…」。

◆山本先生平常有些什
麼休閒嗜好呢？

山本さんはいつも何してるの?

◆你是和誰一起去的
呢？

誰と行きましたか。

◆你去了哪裡呢？

どこに行きましたか。

2　待在家裡

◆我會待在家裡。

家にいます。

◆我會在家裡悠哉休
息。

家でのんびりします。

◆我通常在家裡無所事
事閒混。

だいたい家でごろごろしてます。

◆我會在家裡休息。

家で休みます。

◆我睡到了中午才起
床。

昼間まで寝ていました。

◆我會睡一整天。

一日中、寝ます。

◆我會一整天在家看電
視。

家で一日中テレビを見ます。

◆我會看電視。

テレビを見ます。

◆我最近很迷日本的電
視連續劇。

最近、日本のテレビドラマにはまっています。

◆獨自一個人聽音樂。　　　一人で音楽を聴きます。

◆我會去租影片。　　　　　ビデオをレンタルします。

◆有朋友要來我家。　　　　友達が来ます。

◆我幾乎不在假日工
　作。　　　　　　　　　　週末はめったに仕事をしません。

◆週末時，我第一件事
　就是絕對不工作。　　　　週末はまず仕事をしません。

◆週末我幾乎都待在家
　裡。　　　　　　　　　　週末はほとんど家にいます。

◆我多半在家裡悠哉休
　息。　　　　　　　　　　たいていは家にいてのんびりします。

◆我幾乎都不會出門，
　只慵懶地待在家裡休
　息。　　　　　　　　　　ほとんど出かけないで家でごろごろしていま
　　　　　　　　　　　　　す。

◆跟小孩玩電動。　　　　　子供とテレビゲームをやります。

◆我會和家人一起待在
　家裡放鬆休息。　　　　　家族とくつろぎます。

◆我在假日會把時間都
　用來和孩子相處。　　　　休みの日は子供との時間を持ちます。

◆我會在家裡看一整天
　的電視。　　　　　　　　週末はめったに出かけません。

◆由於節慶假日時人潮
　擁擠，所以我很少出
　門。　　　　　　　　　　祭日は混んでいるのでめったに出かけません。

◆聖誕節時我會在家裡
　舉辦派對。　　　　　　　クリスマスは家でパーティーをします。

◆新年時會有親戚來家裡拜年。　　お正月は親戚が家に来ます。

3 待在家裡做些事　　CD 65

◆我會打掃家裡。　　家の掃除をします。

◆每逢週末我總是在打掃家裡。　　週末はいつも家で掃除をします。

◆由於平常上班日很忙，所以通常都在週末洗衣服和打掃家裡。　　平日は忙しいので、週末にまとめて洗濯と掃除をしています。

◆我會更換房間的布置。　　部屋の模様替えをします。

◆我會修剪庭院裡的花草樹木。　　庭の手入れをします。

◆我會讀一些書。　　少し読書をします。

◆在房間看書。　　部屋で本を読みます。

◆我會用來處理雜事。　　用事を片付けます。

◆我在家裡工作了。　　家で仕事をしました。

◆週末時，我幾乎都在家工作。　　週末はほとんど家で仕事をします。

◆我偶爾會在假日去公司上班。　　たまに休日出勤をします。

4 上街

◆週末我多半都會出門。　　週末はだいたい出かけます。

◆我會在附近散步。 近くを散歩します。

◆在公園散步。 公園で散歩をします。

◆我會去附近的便利商店。 近くのコンビニまで行きます。

◆我會去看牙醫。 歯医者に行きます。

◆我會去髮廊。 美容院に行きます。

◆我會去燙髮。 パーマをかけます。

◆我會去剪髮。 カットをします。

◆我會去染髮。 髪を染めます。

◆我在假日時從沒待在家裡過。 休みの日に家にいることはありません。

◆我出門一下子。 少しの間、家を留守にします。

5 去購物

◆我會去買東西。 買い物に行きます。

◆跟朋友去買東西。 友だちと買い物をします。

◆我通常都會去買東西。 たいてい買い物に行きます。

◆我會去超市買菜。 スーパーに食事の材料を買いに行きます。

◆我會自己去銀座購物。 一人で銀座に買い物に行きます。

◆我會去橫濱的百貨公司。　横浜のデパートに行きます。

◆有時候會去喜歡的店鋪逛一逛。　お気に入りの店をのぞいたりします。

◆我會去逛各種商店。　いろいろな店を見て回ります。

◆我會去買新衣服／包包／鞋子。　新しい服／バッグ／靴を買いに行きます。

◆我會在有折扣時去買名牌服飾。　セールでブランド物の服を買います。

◆我會去看看夏季／秋季／冬季／春季服飾。　夏物／秋物／冬物／春物を見に行きます。

◆我會去逛一逛新開的暢貨中心瞧瞧有哪些商品。　新しいアウトレットモールをチェックしに行きます。

◆我會去看看在折扣商店裡販賣的電腦。　ディスカウントストアにパソコンを見に行きます。

◆我會去書店逛一逛。　本屋をぶらぶら見て回ります。

◆我會去商店買絢香的CD合輯。　CDショップで絢香のアルバムを買います。

6　去吃飯　　　　　　　　CD 66

◆跟大家去喝酒。　みんなで飲みに行きます。

◆和朋友去喝茶。　友達とお茶を飲みに行きます。

◆我和朋友去吃些好吃的。　友達とおいしいものを食べに行きます。

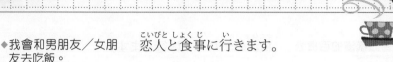

◆我會和男朋友／女朋友去吃飯。　　恋人と食事に行きます。

◆我會和朋友去新開的義大利餐廳。　　友達と新しいイタリアンレストランに行きます。

◆有時候會和朋友見面，在咖啡廳談天說地，度過愉快的時光。　　友達と会って、カフェでおしゃべりしたりして過ごします。

◆我晚餐會去吃牛排／涮涮鍋／壽喜鍋。　　ステーキ／しゃぶしゃぶ／すきやきのディナーを食べます。

◆我會去吃好吃的法式料理全餐。　　おいしいフランス料理のフルコースを食べに行きます。

◆我會和朋友到飯店享用自助餐。　　友達とホテルでビュッフェスタイルの食事をします。

◆我會和朋友去喝茶。　　友達とお茶を飲みに行きます。

◆和朋友說說笑笑。　　友達とワイワイやります。

◆我會和朋友到飯店享用無限供應的甜點。　　友達とホテルのデザートの食べ放題に行きます。

◆我會和熟識的朋友去居酒屋喝幾杯。　　親しい友達と居酒屋に飲みに行きます。

7　遊樂園、開車兜風、戶外活動

◆我時常會去澀谷或是原宿。　　渋谷とか原宿とかよく行ってます。

＊「原宿とか」後省略了「に」。如文脈夠清楚，常有省略「が」「に（へ）」的傾向，其他情況就不可以任意省略。

◆我會去遊樂園。　　　遊園地に行きます。

◆我會去遊樂園搭雲霄　遊園地でジェットコースター／観覧車に乗
飛車／摩天輪。　　　ります。

◆我會和男朋友／女朋　恋人と一緒にディズニーランドに行きま
友一起去迪士尼樂　　す。
園。

◆我會去迪士尼樂園看　ディズニーランドでパレードを見ます。
遊行。

◆在卡拉OK唱歌。　　　カラオケで歌を歌います。

◆我會開車去兜風。　　ドライブに行きます。

◆每逢週末我一定會運　週末は必ずスポーツをします。
動。

◆跟大家一起打棒球。　みんなで野球をします。

◆跟小孩們玩。　　　　子どもたちと遊びます。

◆我會和孩子一起去野　子供と一緒にピクニックに行きます。
餐。

◆我會和家人一起去健　家族でハイキングに行きます。
行。

◆去爬山。　　　　　　山登りに行きます。

◆去露營。　　　　　　キャンプに行きます。

◆搭帳篷。　　　　　　テントを張ります。

◆我會在戶外烤肉。　　外でバーベキューをします。

◆我會接觸大自然。　自然と触れ合います。

◆我會欣賞美麗的風光。　きれいな景色を楽しみます。

◆我會去盡量呼吸新鮮的空氣。　おいしい空気をたくさん吸います。

◆我會去橫濱欣賞美麗的夜景。　横浜できれいな夜景を見ます。

8 看電影及運動等　　　CD 67

◆去看電影。　映画を見ます。

◆跟媽媽去看電影。　母と映画に行きます。

◆我會去看電影。　映画を見に行きます。

◆我會和朋友去看電影。　友達と映画を見に行きます。

◆我會去看湯姆・克魯斯的新片。　トム・クルーズの新作を見に行きます。

◆我會去打網球／高爾夫球。　テニス／ゴルフをしに行きます。

◆我會去海邊／游泳池游泳。　海／プールに泳ぎに行きます。

◆我會和朋友去看足球／棒球比賽。　友達とサッカー／野球の試合を見に行きます。

◆我會和朋友去聽演唱會。　友達とコンサートに行きます。

◆我會和朋友去美術館／展覽會場。　友達と美術館／展覧会に行きます。

◆我會和朋友去唱卡拉
OK。　　　　　友達とカラオケに行きます。

◆我會去圖書館借書。　図書館に本を借りに行きます。

◆用數位相機拍攝各式
各樣的照片。　　　デジカメでいろんなものを撮ってます。

◆現在正在上映的電
影，您有沒有推薦的
呢？　　　　　　今、何かおすすめの映画ってありますか。

◆最近有看了什麼有趣
的書呢？　　　　最近何かおもしろい本を読みましたか。

◆最近閱讀的書籍中，
最有趣的是「革職
論」。　　　　　最近読んでおもしろかったのは"クビ論"で
すね。

◆這本書很有趣喔。　この本おもしろいですよ。

9 和別人會合

◆我經常和朋友出門。　よく友達と出かけます。

◆我會去和朋友見面。　友達に会います。

◆我會和朋友去唱卡拉
OK。　　　　　友達とカラオケに行きます。

◆我會和男朋友／女朋
友一起度過週末。　週末は彼氏／彼女と一緒に過ごします。

◆我會去約會。　　　デートをします。

◆和男朋友約會。　　彼氏とデートします。

◆我會和朋友去原宿。　友達と原宿に行きます。

◆我會和朋友一起去置地廣場。 友達と一緒にランドマークプラザに行きます。

◆我會去六本木和朋友碰面。 六本木で友人に会います。

◆我會去見高中／大學時代的好友。 高校／大学時代の友人に会います。

◆我會去見在上個公司一起工作的同事。 以前の職場で一緒に働いていた人と会います。

◆我會去和男朋友／女朋友見面。 彼氏／彼女に会います。

◆我會去看看爸媽。 両親を訪ねます。

◆我會去拜訪親戚。 親戚を訪ねます。

◆我會去探望公婆／岳父母。 義理の両親を訪ねます。

◆我會回老家。 実家に戻ります。

◆我會去兒子／女兒家做客。 息子／娘のところに遊びに行きます。

◆我會去位於鎌倉的朋友家做客。 鎌倉にいる友達の家に遊びに行きます。

10 季節性的活動 CD 68

◆我去偕樂園賞梅花。 偕楽園に梅を見に行きます。

◆我去賞花。 花見に行きます。

◆我去上野公園賞櫻。 上野公園に桜を見に行きます。

◆我去明月院賞繡球花。　明月院にあじさいを見に行きます。

◆我去參加七夕祭典。　七夕祭りに行きます。

◆我去參加當地的夏季祭典。　地元の夏祭りに行きます。

◆我去看煙火大會。　花火大会に行きます。

◆我去箱根賞楓。　箱根に紅葉を見に行きます。

◆我到街上享受聖誕節的氣氛。　クリスマスの雰囲気を味わいに街に出ます。

◆我和朋友去參加聖誕派對。　友達とクリスマスパーティーをします。

◆我去神社做新年初次參拜。　神社に初もうでに行きます。

◆我去看新年的第一道曙光。　初日の出を見に行きます。

◆新年期間我多半都會和家人去親戚家拜年。　お正月はだいたい家族と親戚の家に行きます。

◆我在歲暮時會回老家。　年末は実家に帰ります。

11 去旅行

◆我去旅行。　旅行をします。

◆我去長野泡溫泉。　長野の温泉に行きます。

◆偶爾去泡個溫泉。　たまに温泉に行きます。

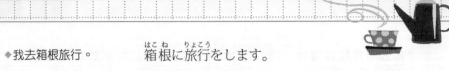

◆我去箱根旅行。　　　　箱根に旅行をします。

◆我去溫泉鄉享用許多　　温泉に行っておいしいものをたくさん食べま
美食。　　　　　　　　す。

◆我從旅館裡賞覽戶外　　ホテルからのすばらしい景色を楽しみます。
的美麗景致。

◆我們公司旅遊去新加　　社員旅行でシンガポールに行きます。
坡玩。

◆我在暑假時去國外旅　　夏休みは海外旅行をします。
遊。

◆我和家人一起去伊豆　　家族と伊豆に一泊旅行をします。
旅行住一晚。

◆我去國外旅遊。　　　　海外旅行をします。

◆我跟團去英國旅遊。　　ツアーでイギリスに行きます。

◆我去看住在夏威夷的　　ハワイにいる妹に会いに行きます。
妹妹。

◆我的畢業旅行要和朋　　友達とオーストラリアに卒業旅行をします。
友去澳洲。

◆我和家人一起去夏威　　ハワイに家族旅行をします。
夷旅遊。

③ 其他休閒活動

1 參觀畫展　　　　　　　　　　　　　　CD 69

◆好棒的畫啊！　　　　　素敵な絵ですね。

◆入場費多少？ 　　　入場料はいくらですか。

◆有館內導遊服務嗎？ 　館内ガイドはいますか。

◆幾點休館？ 　　　　何時に閉館ですか。

◆小孩多少錢？ 　　　こどもはいくらですか。

◆有中文說明嗎？ 　　中国語の説明はありますか。

◆我要風景明信片。 　絵葉書がほしいです。

CH
6

假日出遊

2　買票

◆售票處在哪裡？ 　　チケット売り場はどこですか。

◆一張多少錢？ 　　　一枚いくらですか。

◆請給我三張。 　　　三枚ください。

＊「三枚」後省略了「を」。在口語中，常有省略助詞「を」的
　情況。

◆給我兩張成人。 　　大人二枚お願いします。

◆坐哪個位子看得比較
清楚呢？ 　　　　　どの席が見やすいですか。

◆我要一樓的位子。 　1階の席がいいです。

◆學生有折扣嗎？ 　　学生割引はありますか。

◆有沒有更便宜的座
位？ 　　　　　　　もっと安い席はありますか。

3　唱卡拉OK

◆去唱卡拉OK吧！ 　　カラオケに行きましょう。

◆一小時多少？ 一時間いくらですか。

◆基本消費多少？ 基本料金はいくらですか。

◆可以延長嗎？ 延長はできますか。

◆遙控器如何使用？ リモコンはどうやって使いますか。

◆有什麼歌曲？ どんな曲がありますか。

◆我唱鄧麗君的歌。 私は、テレサ・テンを歌います。

◆我想唱SMAP的歌。 SMAPの歌を歌いたいです。

◆一起唱吧！ 一緒に歌いましょう。

◆接下來唱什麼歌？ 次はなににしますか。

4 算命占卜

◆我出生於1972年9月18日。 1972年9月18日生まれです。

◆我是雞年生的。 私は酉年です。

◆今年的運勢如何？ 今年の運勢はどうですか。

◆幾歲犯太歲？ 厄年は何歳ですか。

◆請幫我看看和男朋友合不合。 恋人との相性を見てください。

◆什麼時候會遇到白馬王子（白雪公主）？ いつ相手が現れますか。

◆可能結婚嗎？　　　　結婚できるでしょうか。

◆問題能解決嗎？　　　問題は解決しますか。

◆這可真是頭一遭遇到　こんなの初めて！
這種情況！

◆運氣特別好哪。　　　運が強いね。

◆你是個能夠招來幸運　あなたは幸運を引き寄せることができる人
的人喔。　　　　　　ですね。

◆我已沾光，分享了您　強運のお裾分けをもらったよ。
的好運氣喔。

◆自從遇見您之後，我　あなたに会ってから、運気が上向いてきた
覺得自己的運氣變得　気がします。
越來越好。

◆工作跟課業都很順利　仕事も勉強もうまくいくでしょう。
吧！

◆可能會遇到一位優秀　すてきな人に出会えるかもしれません。
的人喔！

◆真是個幸運之神呀。　福の神だ。

◆運勢最差的會是在明　一番運が悪いのは、来年ですね。
年。

◆可以買護身符嗎？　　お守りを買えますか。

5 啤酒屋　　　　　　　　　　　　　　CD 70

◆喝杯啤酒吧！　　　　ビールを飲みましょう。

◆喝葡萄酒吧！　　　　ワインを飲みましょうか。

◆附近有酒吧嗎？　　　　近くにバーはありますか。

◆來吧！乾杯！　　　　　乾杯しましょう。

◆要什麼下酒菜？　　　　おつまみは何がいいですか。

◆女性要2000日圓。　　　女性は2000円です。

◆有演奏什麼曲子？　　　どんな曲をやっていますか。

◆音樂不錯呢。　　　　　音楽がいいですね。

◆喜歡聽爵士樂。　　　　ジャズを聴くのが好きです。

◆點菜可以點到幾點？　　ラストオーダーは何時ですか。

◆真期待明天吃吃喝喝　　明日の飲み会、楽しみですね。
　的聚會呀。

◆期待下次再相會。　　　またお会いできるのを楽しみにしています。

6　看球類比賽

◆今天有巨人隊的比賽　　今日は巨人の試合がありますか。
　嗎？

◆哪兩隊的比賽？　　　　どこ対どこの試合ですか。

◆請給我兩張一壘附近　　一塁側の席を２枚ください。
　的座位。

◆可以坐這裡嗎？　　　　ここに座ってもいいですか。

◆請簽名。　　　　　　　サインをください。

◆你知道那位選手嗎？　　あの選手を知っていますか。

◆他很有人氣嘛！　　彼は、人気がありますね。

◆啊！全壘打！　　あ、ホームランになりました。

7 表演欣賞

◆我想看電影。　　映画を見たいです。

◆目前受歡迎的電影是哪一部？　　今、人気のある映画は何ですか。

◆會上映到什麼時候？　　いつまで上映していますか。

◆下一場幾點放映？　　次の上映は何時ですか。

◆幾分前可以進場？　　何分前に入りますか。

◆芭蕾舞幾點開演？　　バレエの上演は何時ですか。

◆中間有休息嗎？　　休憩はありますか。

◆裡面可以喝果汁嗎？　　中でジュースを飲んでもいいですか。

8 演唱會

◆請問您通常聽哪種類型的音樂呢？　　どんな音楽を聴くんですか。

◆我希望能有機會去欣賞道地的歌劇。　　いつか本場のオペラを見てみたいと思ってます。

◆下回我們一起去聽古典樂的現場表演嘛。　　今度、一緒にクラシックのライブに行きましょう。

◆據說將在東京巨蛋開演唱會。 東京ドームでコンサートを開くそうです。

◆我曾去聽過一場「嵐」的演唱會。 一度、嵐のコンサートに行ったことがあります。

◆現在還買得到票嗎？ 今からでもチケットは手に入りますか。

◆很幸運地買到了貴賓席。 ラッキーなことに、ＶＩＰ席がとれました。

◆只要能夠進入會場，就算是站票區也沒關係。 会場に入れるなら、立見席でもいいです。

◆請問最便宜的票大約多少錢？ 一番安いチケットはいくらですか。

◆歌迷們陸續聚集到會場了。 ファンが続々と会場に集まってきています。

◆請問從幾點開始可以入場？ 何時から会場に入れますか。

◆請問演唱會從幾點開始呢？ コンサートは何時から始まりますか。

◆會場周邊有很多黃牛。 会場の周りにはたくさんダフ屋がいます。

9 戲劇　　　　　　　CD 71

◆今天要去看戲劇表演。 今日はお芝居を見に行きます。

◆請問誰是主角呢？ 誰が主役ですか。

◆是在哪一間劇場呢？ どこの劇場ですか。

◆七點半開演。 7時半に開幕します。

◆不只是在東京表演，也會去其他縣市演出喔。

東京だけじゃなく、地方公演もありますよ。

* 「じゃ」是「では」的口語形，多用在跟比較親密的人，輕鬆交談時。「じゃなく」是中間停頓的說法。

◆請問您看過歌舞伎表演嗎？

歌舞伎を見たことがありますか。

◆我和媽媽都非常迷寶塚歌劇團。

私も母も宝塚に夢中です。

◆明天終於要舉行首演。

明日はいよいよ舞台の初日です。

◆請問最後一場演出是幾月幾號呢？

千秋楽は何日ですか。

◆比起話劇表演，我比較喜歡看歌舞劇。

舞台よりミュージカルの方が好きです。

10 公園活動（一）

◆請問公園裡有哪些遊樂設施呢？

公園にはどんな遊具がありますか。

◆從小最喜歡的就是溜滑梯。

小さいころ、滑り台が大好きでした。

◆正在盪鞦韆的就是我女兒。

ブランコに乗っているのが娘です。

◆一起來玩沙吧？

一緒に砂遊びしようか。

◆我們去那邊的有遮蔭的地方稍微休息一下吧。

あそこの日陰でちょっと休みましょう。

◆公園裡有小型的長條椅喔。

公園には小さなベンチがありますよ。

◆先噴防蟲液以免被蚊蟲叮咬喔。

虫に刺されないように、虫よけスプレーしようね。

- 天氣太熱了，要戴了帽子才可以去玩。
  暑いから帽子をかぶって行きなさい。
- 兒子渾身是泥地回來了。
  息子が泥だらけになって帰ってきた。
- 孩子們正在玩抓鬼遊戲。
  子供たちが鬼ごっこをして遊んでいます。

11 公園活動（二）

- 我每天都會去家門前的公園運動。
  毎朝、家の前の公園で運動をします。
- 有非常多人在公園從事休閒活動。
  大勢の人が公園を利用します。
- 我帶小狗去公園散步回來了。
  犬と公園を散歩してきました。
- 真希望有座能讓孩子自由自在玩耍的寬廣公園。
  子供を自由に遊ばせられる広い公園がほしいです。
- 聽說山田太太每天都會主動去打掃公園喔。
  山田さんは毎日、公園の掃除をしているそうですよ。
- 位於水戶的偕樂園是以賞梅而著名的公園。
  水戸の偕楽園は梅で有名な公園です。
- 我家附近有座庭院造景極為優美的山田公園。
  私の家の近くに山田公園という、庭がとてもきれいな公園があります。
- 公園裡的每一種花卉都盛開綻放著。
  公園の花はどれも美しく咲いていました。
- 這座公園裡有很多樹木，感覺好舒服唷。
  この公園は木が多くて気持ちがいいですねえ。

◆假如你想賞櫻的話，聽說那座公園裡的櫻花開得最美唷。　桜を見るならあの公園がきれいだそうです。

◆不可以擅自摘取或帶走公園裡的動植物。　公園の動物や植物をとってはいけません。

◆我們別把公園弄髒了。　公園を汚さないようにしましょう。

12 動物園

CD 72

◆爸爸，帶我去動物園嘛。　お父さん、動物園に連れて行ってよ。

◆上野動物園裡有貓熊嗎？　上野動物園に、パンダはいますか。

◆聽說有珍禽異獸喔。　珍しい動物がいるそうですよ。

◆請問可以餵兔子吃飼料嗎？　ウサギにえさをあげてもいいですか。

◆請不要餵食動物。　動物に食べ物を与えないでください。

◆春天是動物生產的季節。　春は動物の出産シーズンです。

◆那邊有很多頭小綿羊喔。　向こうに子ヒツジがたくさんいますよ。

◆請問可以摸一下嗎？　ちょっと触ってもいいですか。

◆這隻長頸鹿會咬人嗎？　このキリンは人を嚙みますか。

◆可以拍照，但請不要使用閃光燈。　写真を撮ってもいいですが、フラッシュはたかないでください。

◆這座動物園裡有珍禽異獸。　この動物園には珍しい動物がいます。

◆不可以捕捉公園裡的
動物。

公園の動物を捕まえてはいけません。

13 動物

◆請問您喜歡什麼樣的
動物呢？

どんな動物が好きですか。

◆我很喜歡可愛的小
鳥。

可愛い小鳥がいいですね。

◆兔子的眼睛是紅色
的。

ウサギの目は赤い。

◆長頸鹿的脖子跟腳很
長。

キリンの首と足は長い。

◆小狗嗚嗚咽咽地，吵
死人了。

▲ 犬が鳴いてうるさい。

A：「ライオンはどう鳴く？」

（獅子是怎麼樣吼叫的呢？）

B：「ウォーッって鳴くのかな。」

（會不會是大吼一聲呢？）

◆大象正以鼻子汲水後
噴在身上。

象が鼻で水を体にかけている。

◆牛的力氣很大，而且
工作也很勤奮。

牛は力が強くてとてもよく働いてくれる。

◆再也沒有動物的鼻子
像狗那麼靈的。

犬ぐらい鼻のいい動物はいない。

◆兔子的耳朵很長。

ウサギの耳は長い。

◆大象有條長長的鼻
子，還有巨大的軀
幹。

象は鼻が長くて体が大きい。

◆大象可以帶給大家幸
福美滿。

象はみんなを幸せにしてくれます。

◆變色龍可以改變身體
表面的顏色。

▲ カメレオンは体の色を変えられる。

A：「パンダは目の周りと尾が黒くて、
　　ほかは白いですか。」

（貓熊的眼周、耳朵、鼻子、還有四肢
是黑色的，其他部位是白色的嗎？）

B：「いいえ、違います。この絵を見て
　　ください。」

（不，不是，你看這個畫。）

◆人類也屬於動物。

人間も動物です。

◆象是陸地上最大的動
物。

ゾウは陸に住む一番大きな動物です。

◆這個鳥叫聲真好聽
哪。牠叫作什麼鳥
呢？

きれいな声で鳴きますねえ。なんという鳥
ですか。

◆是金絲雀。

カナリアです。

◆從森林裡傳出小鳥的
叫聲。

森の中から鳥の鳴き声が聞こえます。

◆小鳥在院子裡的樹上
歇著。

庭の木に鳥がとまっている。

◆各種鳥類飛入公園裡
嬉戲。

公園にいろいろな鳥が遊びに来ます。

◆蝙蝠雖然會在天空
飛，但並不是鳥類。

こうもりは空を飛べるが鳥ではない。

◆說什麼要去抓蟲，實
在太噁心了，我才不
去。

虫を捕まえるなど気持ち悪くてダメです。

◆你比較喜歡狗還是
貓？

犬と猫とどっちが好きですか。

＊「どっち」（…跟…，個）表示從兩者之中選一個。

◆當然是小狗比較可愛呀。　　　それは犬の方がいいですよ。

◆如果你真的那麼喜歡那隻小狗的話，那就送給你吧。　　その犬がそんなに可愛ければ、あげますよ。

◆我現在養了三隻狗和兩隻貓。　　犬を3匹と猫を2匹飼っています。

◆我曾在中學時養過小鳥。　　中学生の頃鳥を飼っていました。

◆飼養動物很不容易。　　動物を育てるのは難しい。

◆我小時候家裡養了小狗和小貓之類的動物。　　子供の頃家には犬や猫などの動物がいました。

◆我每天早上都會帶小狗在家附近散步。　　毎朝、犬を連れて家の周りを散歩します。

◆那隻狗一副急著討狗食吃的模樣呢。　　犬がえさをほしがっている。

◆好討厭喔，門口有一頭看起來好凶惡的狗。　　嫌だな。門の前に怖そうな犬がいる。

◆我向來疼愛的小狗死掉了，害我好想哭喔。　　かわいがっていた犬が死んでしまったので、泣きたい気持ちです。

14 植物園　　CD 73

◆請問門票多少錢？　　入場料はいくらですか。

◆請問從幾點起可以入園參觀呢？　　何時から入園できますか。

◆雖然還沒開花，但有很多花苞。　　まだ花は咲いていませんが、つぼみがたくさんあります。

◆請問丹桂什麼時候會
開花呢？
キンモクセイはいつごろ開花しますか。

◆請問向日葵是什麼科
的植物呢？
ひまわりは何科の植物ですか。

◆這棵樹從樹根開始枯
死了。
この木は根元から枯れてしまいました。

◆蟲正在啃咬樹葉。
葉っぱが虫に食われています。

◆這種植物只能在溫帶
地區才看得到。
この植物は温帯地方でしか見られません。

◆請問這種樹會長到幾
公尺高呢？
この木は何メートルぐらいまで成長します
か。

◆這是經過品種改良後
的新品種。
これは品種改良してできた新種です。

◆雖然蘋果現在還是青
綠色的，但是到了九
月以後就會變紅。
リンゴはまだ青いが、9月になれば赤くな
る。

◆雖然我記得動物的名
稱，但是植物的名稱
怎麼樣都背不起來。
動物の名前は覚えられるのですが、植物の
名前はなかなか覚えられません。

15 美麗的花朵

◆蒔花弄草是我的興
趣。
花を育てるのが趣味です。

◆院子裡的花已經開始
綻放。
庭の花が咲き始めました。

◆白色的花兒已經開
了。
白い花が開いた。

◆小蟲停在花瓣上。
花に虫が止まっている。

◆鬱金香開了紅色的花。　チューリップが赤い花をつけた。

◆不可以摘花！　花を折ってはいけません。

◆五顏六色的花朵正盛開著。　いろいろな色の花が咲いています。

◆這種花叫做什麼呢？　これは何ていう花なの？

◆這叫做木槿喔，生長在夏威夷和沖繩。　ハイビスカスっていう花よ。ハワイとか沖縄にあるの。

◆到了秋天，樹葉就會變色。　秋に葉の色が変わる。

◆櫻花已經開了。　桜の花が咲いた。

16　詢問活動的頻率

◆我和朋友每星期都會見面。　友達には毎週会います。

◆我每三天會約會一次。　三日に一度、デートします。

◆我盡可能每天都會研讀日文。　できるだけ毎日日本語を勉強するようにしています。

◆我每半年會回一次老家。　半年に一度実家に帰ります。

◆我每星期大約會打一次網球。　週一度ぐらい、テニスをします。

◆我每個月會去購物兩次左右。　買い物へは月に二度ほど行きます。

◆我每個月會有兩、三次在外面用餐。　月に二、三度外食します。

Chapter 7

日本人都這樣說

1 應和

1 就是啊

◆ 是喔。　　　　　　そう。

◆ 就是啊。　　　　　そうよね。

★◆ 原來如此。　　　　なるほど。

◆ 原來是那樣的呀。　そうなんですか。

◆ 那真是太好了耶。　よかったですね。

◆ 那可真有意思呀。　それは<ruby>面白<rt>おもしろ</rt></ruby>いですね。

◆ 聽起來滿有意思的。　<ruby>面白<rt>おもしろ</rt></ruby>そうですね。

◆ 那真是太棒了呀。　それはすばらしいですね。

◆ 您的工作還真事不簡單呀。　<ruby>大変<rt>たいへん</rt></ruby>な<ruby>お仕事<rt>しごと</rt></ruby>ですね。

◆ 請您再多講一些給我聽。　もっと<ruby>お話<rt>はなし</rt></ruby>を<ruby>聞<rt>き</rt></ruby>かせてください。

◆ 正如您所說的沒錯。　その<ruby>通<rt>とお</rt></ruby>りです。

◆ 我也是。　　　　　わたしもそうです。

◆ 我也這麼覺得。　　<ruby>僕<rt>ぼく</rt></ruby>もそう<ruby>思<rt>おも</rt></ruby>う。

◆我也有同感。　同感です。

◆難怪。　道理で。

◆你說得也是，每個人 そりゃそうね。好みの問題ね。
的喜好都不同呀。
＊「りゃ」是「れは」的口語形。也就是「それはそうね」。

2 高興

1 正面的情緒　　　　　　　　　　CD 75

◆太棒了！　やった～！

◆哇～啊！　わ～い！

◆太幸運了！　ラッキー！

◆中獎了。　あたった。

◆好高興喔！　嬉しい！

◆太好了呀！　よかった～！

◆真像做夢一般！　夢みたい！

◆棒透了！　最高！

◆終於成功了！　　　　ついにやった！

◆萬事OK！　　　　　　バッチリ。

◆這真是我人生中最　　人生で最高の日です！
　棒的一天！

◆夢想終於達成了！　　ついに夢がかないました！

◆我到現在還不敢相　　まだ信じられません！
　信！

◆太感動了！　　　　　感激です！

◆我非常開心！　　　　すごく嬉しいです。

◆感覺快要飛上天啦！　気分は最高です。

2　真開心

◆真的嗎？謝謝。　　　ほんとに？ありがとう。
　　　　　　　　　　　＊「ほんと」是「ほんとう」口語形。字越少就是口語的特色，省
　　　　　　　　　　　　略字的字尾也很常見喔。

◆夢想能夠達成，真　　夢がかなって嬉しいです。
　是開心。

◆高興到眼淚都掉下　　うれしくて涙が出てきたよ。
　來了呢。

◆在做工作時是充滿　　仕事をしているときが楽しいです。
　喜悅的。

◆ 和朋友見面時很開心。 友達と会っているときが楽しいです。

◆ 很高興英文能夠有所進步。 英語が上達して嬉しいです。

◆ 能夠與他相逢，我真的好幸福。 彼に出会えて幸せです。

◆ 能夠接到你的聯繫，讓我高興極了。 あなたから連絡をもらって嬉しかったです。

◆ 接到這麼棒的通知，我開心極了。 いい知らせを聞いて喜びました。

◆ 收到禮物高興得不得了。 プレゼントをもらって大喜びしました。

◆ 聽到她要結婚的消息，我很高興。 彼女が結婚すると聞いて喜びました。

◆ 聽到兒子／女兒考上大學的捷報，我高興極了。 息子／娘の大学合格を聞いて喜びました。

◆ 聽到他找到了工作，連我也為他感到高興。 彼が就職したと聞いて私まで嬉しくなりました。

3　很有充實感

◆ 每天都過得很充實。 毎日とても充実しています。

◆ 生活充滿幹勁。 やる気があります。

◆ 日子過得非常充實。 充実しています。

◆ 日子過得很滿意。 満足しています。

223

◆ 沒有特別感到不滿意的地方。 特<ruby>に<rt>とく</rt></ruby>不満<ruby><rt>ふまん</rt></ruby>はありません。

特に不満はありません。

◆ 滿懷自信。 自信<ruby><rt>じしん</rt></ruby>があります。

◆ 擁有好朋友，讓我滿懷感激之情。 友達<ruby><rt>ともだち</rt></ruby>に恵<ruby><rt>めぐ</rt></ruby>まれてありがたいと思<ruby><rt>おも</rt></ruby>っています。

◆ 我感覺工作得很有價值。 仕事<ruby><rt>しごと</rt></ruby>にやりがいを感<ruby><rt>かん</rt></ruby>じます。

◆ 我享受著工作的成就感。 仕事<ruby><rt>しごと</rt></ruby>で達成感<ruby><rt>たっせいかん</rt></ruby>を感<ruby><rt>かん</rt></ruby>じます。

◆ 我對目前的工作感到很滿意。 今<ruby><rt>いま</rt></ruby>の仕事<ruby><rt>しごと</rt></ruby>に満足<ruby><rt>まんぞく</rt></ruby>しています。

◆ 我對自己充滿信心。 自分<ruby><rt>じぶん</rt></ruby>に自信<ruby><rt>じしん</rt></ruby>があります。

---

4 安詳舒適　　　　　　　CD 76

◆ 心情是輕鬆的。 気持<ruby><rt>きも</rt></ruby>ちが楽<ruby><rt>らく</rt></ruby>です。

◆ 感覺放心了。 ホッとしています。

◆ 心情很安定。 落<ruby><rt>お</rt></ruby>ち着<ruby><rt>つ</rt></ruby>いています。

◆ 感到安心。 安心<ruby><rt>あんしん</rt></ruby>しています。

◆ 情緒很安穩。 気持<ruby><rt>きも</rt></ruby>ちが安<ruby><rt>やす</rt></ruby>らいでいます。

◆ 我正在放鬆。 リラックスしています。

◆我感到很閒適。　　　くつろいでいます。

◆我感覺很舒服。　　　居心地<rt>いごこち</rt>がいいです。

◆我感到悠閒。　　　　気<rt>き</rt>が休<rt>やす</rt>まります。

◆我每天都過得很自
在。　　　　　　　　毎日<rt>まいにち</rt>に余裕<rt>よゆう</rt>があります。

◆一個人獨處時，感覺
很自在。　　　　　　一人<rt>ひとり</rt>でいると気<rt>き</rt>が楽<rt>らく</rt>です。

◆考試結束後，感覺鬆
了一口氣。　　　　　試験<rt>しけん</rt>が終<rt>お</rt>わったのでホッとしました。

◆只要待在家裡時，就
覺得很自在。　　　　家<rt>いえ</rt>にいると気<rt>き</rt>が休<rt>やす</rt>まります。

◆獨自待在房間裡時，
心情就很安穩。　　　一人<rt>ひとり</rt>で部屋<rt>へや</rt>にいると落<rt>お</rt>ち着<rt>つ</rt>きます。

◆和男朋友／女朋友在
一起時，就覺得很安
心。　　　　　　　　恋人<rt>こいびと</rt>といると安心<rt>あんしん</rt>します。

◆聆聽療癒曲風的音樂
時，心情就會得到安
寧。　　　　　　　　ヒーリング音楽<rt>おんがく</rt>を聴<rt>き</rt>くと気持<rt>きも</rt>ちが安<rt>やす</rt>らぎま
　　　　　　　　　　す。

◆慢慢地泡澡時，就會
得到放鬆。　　　　　ゆっくりとお風呂<rt>ふろ</rt>に入<rt>はい</rt>るとリラックスしま
　　　　　　　　　　す。

5　期待的心情

◆我雀躍不已。　　　　ウキウキしています。

◆只要一想到要約會，心頭就小鹿亂撞。 デートのことを考えるとウキウキします。

◆去旅行可以讓心情變得煥然一新。 旅行をすると気分がリフレッシュできます。

◆我現在就等不及放假了。 休みが今から待ち遠しいです。

◆我已經等不及聖誕節的來臨了！ クリスマスまで待てません！

6　很有趣

◆好好笑！ おかしい！

◆那真是太好笑了！ それは笑える！

◆那挺有意思的耶！ それは興味深いです！

◆實在太有趣了，害我那時捧腹笑個不停。 おかしくて笑いが止まりませんでした。

◆大家一起哄堂大笑了。 みんなで大笑いしました。

7　太感動了

◆我非常感動，覺得非常佩服。 感動しました。感心しました。

◆深深地打動了我的心。 心を動かされました。

◆讓我留下了深刻的印象。　印象的でした。

◆我深深受到了感動。　胸を打たれました。

◆我被感動得無法忘懷。　感銘を受けました。

◆看到畢卡索的畫，讓我為之動容。　ピカソの絵を見て感動しました。

◆那場鋼琴演奏讓我的心悸動不已。　ピアノの演奏に胸を打たれました。

◆讀了海明威的小說後，讓我受到了感動。　ヘミングウェイの小説を読んで感銘を受けました。

◆雄偉的大自然令我感動萬分。　自然の雄大さに感動しました。

◆我為親情而深受感動。　親の愛情に深く感動しました。

◆他的努力與拚命震撼了我的心。　彼の努力と一生懸命さに心を打たれました。

3 祝賀

1 節慶祝賀　CD 77

◆情人節快樂！　ハッピーバレンタイン！

227

◆感恩節快樂！　　　　　ハッピーハロウィン！

◆恭喜您舉辦回饋顧客　　感謝祭おめでとう！
　折扣活動！

◆聖誕快樂！　　　　　　メリークリスマス！

◆祝您新年順心如意！　　よいお年を！

◆恭賀新春！　　　　　　明けましておめでとう！

2　慶祝聖誕節等

◆祝您有美好的聖誕以　　すてきなクリスマスとお正月をお過ごしくだ
　及新年假期。　　　　　さい。

◆祝您有個美好的聖誕　　クリスマス休みを楽しんでくださいね。
　假期喔。

◆祝您度過愉快的聖誕　　クリスマスと新年を楽しく過ごしてください
　節與新年假期喔。　　　ね。

◆祈求各位能夠度過美　　この季節、みなさまの幸福をお祈り申し上げ
　好的這個季節。　　　　ます。

◆預祝您在這嶄新的一　　新しい年が実り多い一年になりますように！
　年中能有豐盛的收
　穫！

◆希望您在這新的一年　　新たな年が幸福と健康と成功の一年になりま
　中，能夠幸福健康與　　すように。
　諸事順遂。

◆希望您今年會是精采
美滿的一年。

今年がすばらしい一年になりますように。

3　慶祝母親節等

◆母親節快樂。

母の日、おめでとう。

◆媽媽，謝謝您總是給
予我們無盡的母愛。

お母さん、いつも愛情を注いでくれてあり
がとう。

◆我很感謝媽媽的母愛
以及支持。

お母さんの愛情と支えに感謝しています。

◆媽媽對我而言非常重
要。

お母さんは大切な人です。

◆我非常幸運能夠生為
媽媽的女兒。

お母さんの娘でよかった。

◆對不起喔，總是讓您
為我操心。

いつも心配かけてごめんね。

◆雖然我沒有說出口，
但心裡總是非常掛念
著媽媽。

口には出さないけれど、お母さんのことを
大切に思っています。

◆在母親節這天滿懷對
媽媽的謝意。

母の日に感謝を込めて。

◆父親節快樂。

父の日、おめでとう。

◆我很尊敬爸爸。

お父さんを尊敬しています。

◆謝謝您當我們全家人
的支柱。

家族を支えてくれてありがとう。

◆ 我很尊敬為了全家人而拚命工作的父親。

みんなのために一生懸命働いているお父さんを尊敬します。

◆ 爸爸非常偉大。

お父さんは偉大です。

4 慶祝生日

CD 78

◆ 祝你生日快樂！

お誕生日おめでとう。

◆ 恭喜歡度30歲的生日。

30歳のお誕生日おめでとう。

◆ 雖然遲了幾天，還是祝你生日快樂。

ちょっと遅れてしまったけれど、お誕生日おめでとう。

◆ 今天可是個特別的日子喔。

今日は特別な日ですね。

◆ 祝您度過快樂的生日。

楽しいお誕生日を過ごしてください。

◆ 祝您與朋友以及家人一起歡度生日。

友達や家族と楽しい誕生日を過ごしてください。

◆ 願您能與最珍惜的人一同度過完美的生日。

大切な人とすてきな誕生日を過ごしてください。

◆ 願您能在這個特別的日子充滿幸福的喜悅。

この特別な日が幸せいっぱいでありますように。

◆ 祝您能夠度過充滿笑容與喜悅的生日。

笑顔と喜びいっぱいの誕生日を過ごしてください。

◆ 祝您許下的生日願望
能夠全部實現。

誕生日の願いごとがすべてかないますように！

◆ 希望您會喜歡我送您
的禮物。

プレゼント、気に入ってくれたら嬉しいです。

◆ 願您能享有全世界的
幸福。

世界中の幸せがあなたのものになりますように。

5 恭喜結婚

◆ 恭喜恭喜。

おめでとうございます。

◆ 恭賀文定之喜。

婚約おめでとう。

◆ 恭賀結婚誌喜。

ご結婚おめでとう。

◆ 真是一對郎才女貌
的璧人呀。

お似合いのカップルです。

◆ 願您們永浴愛河。

末永くお幸せに。

◆ 願您們能共組溫暖
的家庭。

温かい家庭を築いてください。

◆ 祝您們生個白白胖
胖的小娃兒。

元気な赤ちゃんを生んでください。

◆ 恭賀喜獲麟兒／喜
獲千金。

ご出産おめでとう。

◆願您的寶寶能夠健健康康地快快長大。
赤ちゃんがすくすくと健康に育ちますように。

◆恭喜您歡度結婚紀念日。
結婚記念日おめでとう。

◆我代表大家向你祝賀。
みんなを代表してお祝いの意を表します。

◆聽說你結婚了，恭喜恭喜。
ご結婚なさったそうで、おめでとうございます。

6　恭喜入學

◆恭喜您進入高中。
高校入学おめでとう。

◆恭喜您考上大學。
大学入学おめでとう。

◆恭喜您畢業。
卒業おめでとう。

◆恭喜您順利找到工作。
就職おめでとう。

◆往後也請您繼續努力用功讀書。
これからもがんばって勉強してください。

◆往後還請您繼續努力。
将来に向けてがんばってください。

◆您能夠堅持到這個地步，真是了不起！往後也請您朝著自己的夢想繼續奮鬥。
よくここまでがんばりましたね。自分の夢に向かってがんばってください。

◆ 期待看到您更為活躍的表現。　ますますのご活躍を期待します。

◆ 往後請您繼續在社會上努力奮鬥。　社会人としてこれからもがんばってください。

7 祈求幸福　CD 79

◆ 祝您幸福。　幸福を祈ります。

◆ 祝您成功。　成功を祈ります

◆ 祝您幸運。　幸運を祈ります。

◆ 祝您健康。　健康を祈ります。

◆ 祝您諸事順遂。　すべてがうまくいきますように。

◆ 祝您工作順利。　仕事がうまくいきますように。

◆ 祝您事業發展更加順利。　ますますのご発展を祈ります。

◆ 恭喜您舉辦個展。　個展おめでとう。

◆ 祝賀你成功。　ご成功おめでとうございます。

8 報告好消息

◆ 我已經訂婚了。　婚約しました。

◆ 我要結婚了。　　　　結婚します。

◆ 我要生小孩了。　　　　子供が生まれます。

◆ 我已經考上大學了。　　大学に合格しました。

◆ 我已經被大學錄取了。　大学入学が決まりました。

◆ 我已經通過考試了。　　試験に合格しました。

◆ 兒子／女兒已經考上大學了。　息子／娘が大学に合格しました。

◆ 我已經找到工作了。　　就職が決まりました。

◆ 我的企劃案獲得公司採用了。　企画が採用になりました。

◆ 我獲得升遷了。　　　　昇進しました。

◆ 我找到新工作了！　　　新しい仕事が見つかりました。

◆ 我已經決定要去美國留學了。　アメリカに留学することに決めました。

◆ 我交到男朋友／女朋友了。　恋人ができました。

9 聽到好消息時

◆ 恭喜。　　　　　　　　おめでとう。

◆好棒喔！ すごい！

◆太好了哪！ よかったね！

◆那真是太棒了！ よかったですね。

◆了不起！ すばらしい。

◆實在太好了。 それはすごいです。

◆棒極了耶。 最高(さいこう)ですね。

◆我也好開心喔！ 私(わたし)もとても嬉(うれ)しいです！

◆太令人感動了！ 感激(かんげき)ですね！

◆你辦到了呀！ やりましたね！

◆你終於辦到了呀！ ついにやりましたね！

◆你終於實現夢想了呀。 ついに夢(ゆめ)が叶(かな)いましたね。

◆我一直深信你一定辦得到。 できると信(しん)じていました。

◆這個成果真是太完美的呀。 文句(もんく)なしの結果(けっか)ですね。

◆你一直都非常努力。 ずっとがんばってきた。

◆皇天終於不負苦心人呀。 甲斐(かい)がありましたね。

◆非常感謝您。　　　　　どうもありがとう。

◆謝謝您長久以來的支持。　ずっと支えてくれてありがとう。

◆謝謝您的支持。　　　　　応援をありがとう。

◆這一切承蒙您的襄助。　あなたのおかげです。

◆這一切都該歸功於大家的協助。　みんなのおかげです。

◆多虧您的鼎力襄助才得以順利完成了。　あなたのおかげでやり遂げることができました。

◆如果沒有您的協助，我絕對不可能順利達到這樣的成就的。　あなたの助けがなければここまで来られませんでした。

◆如果只靠我一個人的力量，是絕對沒有辦法達到這樣的成就的。　一人ではここまで来られませんでした。

◆假如沒有大家的鼓勵，我早就已經放棄了。　みんなの励ましがなかったらとっくにあきらめていました。

◆往後我仍然會秉持一貫的努力拚搏的態度。　これからも一生懸命がんばります。

11　悲傷的消息

◆ 家父已經往生了。　　父が亡くなりました。

◆ 我的祖母因為心臟病　祖母が心臓発作で亡くなりました。
　發而撒手人寰了。

◆ 我的朋友因為車禍而　友人が交通事故で亡くなりました。
　過世了。

12　弔辭

◆ 甚感同悲。　　　　　お気の毒に。

◆ 同感悲傷。　　　　　それはお気の毒です。

◆ 謹表致哀之意。　　　お悔やみ申し上げます。

◆ 謹表哀悼之意。　　　謹んで哀悼の意を表します。

◆ 祈禱故人駕鶴到西方　ご冥福を祈ります。
　極樂世界。

◆ 令先尊可稱是壽終正　お父様は寿命をまっとうされました。
　寢。

◆ 她將永遠活在我的心　彼女はこれからも心の中で生きています。
　裡。

13　遺憾的消息

◆ 高中入學考試已遭　高校に落ちました。
　落榜了。

◆ 大學升學考試已遭到落榜了。　大学に落ちました。

◆ 我沒能通過入學考試。　入試に失敗しました。

◆ 我和男朋友／女朋友分手了。　恋人と別れました。

◆ 我離婚了。　離婚しました。

◆ 我沒有獲得錄取。　不採用でした。

◆ 我的企劃案沒有獲得通過。　企画は通りませんでした。

◆ 我的工作沒了。　職を失いました。

◆ 我被革職了。　首になりました。

◆ 家母生病了。　母が病気になりました。

◆ 我遇到了車禍。　交通事故に遭いました。

◆ 我的哥哥住院了。　兄が入院しました。

14　聽到遺憾的消息後的回應

◆ 那可真是遺憾呀。　それは残念ですね。

◆ 那還真是可憐呀。　それはお気の毒に。

◆那真是遺憾。 それは残念。

◆您的運氣真不好呀。 運が悪かったですね。

◆請不要太沮喪。 あまり気を落とさないで。

◆還會有下次機會的。 まだチャンスはありますから。

◆還可以從頭來過呀。 まだやり直せますよ。

◆真希望能早日康復 早く治るといいですね。
呀。
＊在生病或受傷時使用。

15 自信

◆包在我身上。 任せて。
＊這裡的「て」是「てください」的口語表現。表示請求或讓對方
做什麼事。

◆當然。 もちろん。

◆小事一椿啦！ 楽勝さ！

◆我就說吧！ だろう。

◆我就說了吧！ でしょ。
＊「でしょ」是「でしょう」口語形。

◆我做得來嗎？ やってけるのかな私？
＊「やってける」（做得來）是「やっていける」省略「い」的口
語形。

◆ 嗯…，是有一點啦！　　…ちょっと。

◆ 總覺得，工作好難喔。　　なんかさ、仕事って難しいなぁ。

◆ 真沒信心。　　自信ないな。

16 禁止

◆ 請不要在這個房間裡吸菸。　　この部屋でタバコを吸わないでください。

◆ 請不要聊天。　　おしゃべりをやめて。

◆ 這裡不能停車。　　ここに車を止めてはいけません。

◆ 這裡不能拍照。　　ここで写真を撮ってはいけません。

◆ 不可以在這邊玩啊！　　ここで遊んじゃいけないよ。

＊「じゃいけない」是「ではいけない」的口語形。表示根據某理由，禁止對方做某事。

◆ 請記得隨手關燈。　　電気をつけっぱなしにしないで。

◆ 請記得隨手關門。　　ドアを開けっ放しにしないで。

◆ 請不要在深夜打電話給我。　　夜遅くに電話しないでください。

◆ 請不要講電話講很久。　　長電話しないでください。

◆ 請不要再和我聯絡。　　もう連絡しないでください。

◆ 這附近不可以停車。　　この辺に車を停めてはいけません。

◆ 不要碰這個東西。　　これはさわらないで。

◆ 不要擅動這個東西。　　これは動かさないで。

◆ 使用完畢請歸回原　　使いっぱなしにしないで。
　處。

◆ 請不要那樣做。　　それはやめてください。

◆ 請不要忘記。　　忘れないでください。

◆ 請不要遲到。　　遅れないで。

◆ 請不要抱怨。　　文句を言わないで。

17　保留的說法

◆ 沒那個必要吧！　　何もそこまで。

◆ 現在的年輕人都是　　今の若者はこれだからね。
　這副德行嘛！

◆ 但他那樣的實力就　　その実力だけでも十分なんじゃない？
　很夠了。

＊「じゃ」是「では」的口語形，多用在跟比較親密的人，輕鬆交
　談時。

◆ 沒有啊！　　別に。

◆嗯？呃，這個嘛（是 有啦）…。　　　え？や、それはまあ…。

◆那就當我沒問吧。　　　聞<ruby>き</ruby>かなかったことにしよう。

◆那是「以前」啦！　　　昔<ruby>むかし</ruby>はなあ。

◆不，也不是說絕對 的啦！　　　いや、絶対<ruby>ぜったい</ruby>ということもないけど。

　　　＊「けど」是「けれども」的口語形。

◆沒幫的必要吧！　　　助<ruby>たす</ruby>けてやることはないだろう。

◆看個人業績囉。　　　実績次第<ruby>じっせきしだい</ruby>だ。

　　　＊「次第」（全憑）。表示後項的成立要以前項完成為條件。

◆買是想買啦…。　　　買<ruby>か</ruby>うことは買<ruby>か</ruby>いますが。

◆還過得去啦！　　　まあまあだよ。

　　　＊「まあまあ」（還可以）。

◆那就恭敬不如從命。　　　お言葉<ruby>ことば</ruby>に甘<ruby>あま</ruby>えて。

◆差不多要那個價錢 吧。　　　それぐらいするんじゃない？

18 請對方注意

◆請準時抵達。　　　時間通<ruby>じかんどお</ruby>りに来<ruby>き</ruby>てください。

◆請依照約定的時間 和我聯絡。　　　約束通<ruby>やくそくどお</ruby>りに連絡<ruby>れんらく</ruby>してください。

◆ 請遵守約定。　　　　約束を守ってください。

◆ 請事先聯絡。　　　　前もって連絡してください。

◆ 不克前來時請先聯
絡。　　　　来られないときは連絡してください。

◆ 請先約好會面時間
再前來。　　　　アポイントメントを取ってから来てください。

◆ 請儘快回覆。　　　　早めにお返事をください。

◆ 請仔細聽好。　　　　きちんと聞いてください。

◆ 請聽我說話。　　　　私の話を聞いてください。

◆ 請安靜一點。　　　　静かにしてください。

◆ 請讓我獨處。　　　　一人にしてください。

◆ 請讓我們兩個人獨
處一下子。　　　　少しの間、私たちだけにしてください。

◆ 使用完畢後，請務
必放回原處。　　　　使ったらもとの場所に戻しておいてください。

19　被警告的時候

◆ 對不起。　　　　すみません。

◆對不起，我沒有注意。	ごめんなさい。気^きがつきませんでした。
◆好的，我明白了。	はい、わかりました。
◆我知道了。	わかりました。
◆我知道了，不會再做了。	わかりました。やめます。
◆我會立刻停止。	今^{いま}すぐやめます。
◆我會小心的。	気^きをつけます。
◆往後我會注意的。	これから注意^{ちゅうい}します。
◆為什麼不可以呢？	どうして。
◆請向我說明理由。	理由^{りゆう}を説明^{せつめい}してください。
◆很抱歉，恕我無法照辦。	悪^{わる}いけれどそれはできません。

4 請求與許可

1 有事請求別人　　　　　　　CD 82

◆可以請您開門嗎？	ドアを開^あけてくれますか。
◆可以幫我開門嗎？	ドアを開^あけてくれる？

◆ 可以請您關門嗎？　　　　ドアを閉めてもらえますか。

◆ 可以幫我把門關上嗎？　　ドアを閉めてもらえる？

◆ 可以麻煩您幫我影印嗎？　コピーをとってくださいますか。

◆ 可以幫我接那通電話嗎？　その電話に出ていただけますか。

◆ 不曉得是否可以麻煩您幫忙開個門呢？　ドアを開けてもらってもよろしいでしょうか。

◆ 不曉得是否可以麻煩您幫忙關個門呢？　ドアを閉めてもらってもよろしいでしょうか。

◆ 好的，當然沒問題。　　　はい、もちろん。

◆ 對不起，請恕我無法辦到。　ごめんなさい。それはできません。

2　說出請求

◆ 我有件事想要拜託您。　　ちょっとお願いがあるのですが。

◆ 我有個請求，不知道是否可以麻煩您？　お願いがあるのですが、いいですか。

◆ 我想要拜託您一件事。　　お願いしたいことがあるのですが。

◆ 請說。　　　　　　　　　どうぞ。

◆什麼事呢？　　　　　　何でしょう。

3　在室內

◆可以幫我開窗嗎？　　　窓を開けてくれる？

◆可以幫我關窗嗎？　　　窓を閉めてくれる？

◆可以幫個忙，讓空　　　換気をしてくれない？
　氣流通嗎？

◆請把燈關掉。　　　　　電気を消して。

◆請把燈打開。　　　　　電気をつけて。

◆離開房間時把電燈　　　出かけるときは電気を消しておいて。
　關掉。

◆讓燈亮著就好。　　　　つけたままにしておいて。

◆讓門開著就好。　　　　開けたままにしておいて。

◆可以幫我拿那個東　　　それを取ってくれない？
　西嗎？

◆可以幫我開電視嗎？　　テレビをつけてくれる？

◆可以幫我關電視嗎？　　テレビを消してくれる？

◆（聲音、溫度等）　　　(音・温度を)上げてくれる？
　可以幫我調高嗎？

◆（聲音、溫度等）
可以幫我調低嗎？

(音・温度を)下げてくれる？

◆睡覺前記得關掉暖
氣／冷氣。

寝る前に暖房／冷房を止めておいて。

4 拜託別人幫個小忙

◆可以幫我倒垃圾嗎？

ゴミを出してくれる？

◆這個順便也洗一下。

ついでにこれも洗って。

＊這裡的「て」是「てください」的口語表現。「ついでに」（順
便…）。

◆你出門的時候，順
便幫我倒垃圾。

出かけるついでにゴミを出しておいて。

◆可以確實幫我關緊
門窗嗎？

戸締りをきちんとしておいてくれる？

◆吃完飯後，可以幫
我收拾碗盤嗎？

食事の後片付けをしておいてくれる？

◆可以幫忙把晾曬衣
物收進來嗎？

洗濯物をとり込んでくれる？

◆那就拜託你了！

頼んだぞ。

◆可以幫忙買菜嗎？

食料の買い出しに行ってくれない？

◆可以幫我買包香菸
嗎？

タバコちょっと買って来てもらえない？

◆可以幫忙去便利商
店買個東西嗎？

ちょっとコンビニまでお使いに行ってくれな
い？

◆可以送我一程嗎？

ちょっと送ってもらえない？

◆可以送我到車站嗎？　駅まで送ってもらえない？

◆可以來車站接我嗎？　駅まで迎えに来てもらえない？

◆可以幫我寄信嗎？　手紙を出しておいてくれる？

◆我要看我要看！　見せて、見せて。

5　在職場上　CD 83

◆請再寬容一下。　そこを何とか。

◆可不可以幫我做一下這個呢？　これをやってくれませんか。

◆可不可以幫我做這個呢？　これをやっておいてくれませんか。

◆可以幫我影印嗎？　コピーをとってくれますか。

◆可以幫我每一頁都影印兩份嗎？　各ページのコピーを２枚ずつとってくれますか。

◆可以幫忙補充影印機裡的影印紙嗎？　コピー紙を補給しておいてくれますか。

◆可以幫我把這個鍵入電腦檔案裡嗎？　これをパソコンに入力しておいてくれますか。

◆這裡我來就好，可以請你幫忙高橋小姐嗎？　こっちはいいから、高橋さんを手伝ってやってくれる？

◆ 那邊就麻煩你了。　　　そっちお願_{ねが}いします。

◆ 可以幫忙端茶給客人　　お客_{きゃく}さまにお茶_{ちゃ}を出_だしてくれますか。
嗎？

◆ 可不可以幫忙聯絡對　　先方_{せんぽう}に連絡_{れんらく}してくれますか。
方嗎？

◆ 可不可以幫我確認一　　この件_{けん}を確認_{かくにん}しておいてくれませんか。
下這件事呢？

◆ 可以幫忙把這個歸檔　　これをファイルに閉_とじてくれますか。
嗎？

◆ 不好意思，也可以一　　悪_{わる}いけど、この手紙_{てがみ}も出_だしてきてくれます
起幫我寄這封信嗎？　　か。

6　在學校

◆ 可不可以借我看上　　授業_{じゅぎょう}のノートを見_みせてくれない？
課的筆記呢？

◆ 可不可以告訴我考　　試験範囲_{しけんはんい}を教_{おし}えてもらえない？
試範圍呢？

◆ 可不可以借我課本　　教科書_{きょうかしょ}を貸_かしてもらえない？
呢？

◆ 這次就放我一馬　　今回_{こんかい}、見逃_{みのが}してください。
吧。

◆ 你可以幫我弄嗎？　　これをやってもらえる？

◆ 不好意思，可以幫　　悪_{わる}いけど、学校_{がっこう}まで持_もってってくれる？
我把這個帶去學校
嗎？

◆我問你，明天留學生將抵達這裡，可以幫我跑一趟機場接人嗎？

あのね、明日 留 学生が着くんだけど、空港へ行ってくれないかな。

◆不好意思，可以向你借一下電子辭典嗎？

すみません、電子辞書借りていいですか?

7　各種請託

◆可不可以幫我一下呢？

ちょっと手伝ってくれない?

◆可不可以代替我做一下呢？

私の代わりにやってくれないかな?

◆萬一我忘記的話，請提醒我喔。

もし私が忘れていたら思い出させて。

◆可不可以請您撥個空呢？

ちょっと時間をつくってもらえない?

◆可不可以陪我一下呢？

しばらく一緒にいてくれない?

◆可不可以請你聽我說話呢？

話を聞いてもらえない?

◆可不可以讓我聽聽你的看法呢？

どう思うか聞かせてくれない?

◆可不可以告訴我你的建議呢？

アドバイスをしてくれない?

◆可以請你等我一下嗎？

ちょっと待ってもらえる?

◆可以告訴我現在是幾點嗎？

今、何時か教えてくれる?

◆那個東西可不可以借給我呢？　それを貸してもらえない？

◆可不可以告訴我她的電話號碼呢？　彼女の電話番号を教えてくれない？

◆哥哥，教我一下該怎麼用你的電腦嘛。　お兄ちゃんのパソコンの使い方、教えてよ。

◆至少教教人家該怎麼打電玩，你又不會少塊肉，小氣鬼！　ゲームのやり方ぐらい教えてくれたっていいじゃないか。ケチ。

◆不好意思，借過一下。　すみません。ちょっと前を通してください。

◆不好意思，我可以跟你們擠一擠嗎？　ちょっとすいませんけど、つめてもらえませんか。

> ＊「すいません」是「すみません」的口語形。口語為求方便，改用較好發音的形式。

◆我說，你可以幫我讀一下這個段落嗎？　ねえ、ちょっとここ、読んでくんない？

8 接受　　　　　CD 84

◆當然。　もちろん。

◆我知道了。　わかりました。

◆可以呀！　いいよ！

◆沒有問題呀。　いいですよ。

◆好的，我會注意的。　　はい、気をつけます。

◆我很樂意。　　喜んで。

◆好。拿去。　　はい。どうぞ。

◆好，我會幫你做好的。　　はい、やっておきます。

◆我現在立刻去做。　　今すぐやります。

◆我等一下去做。　　後でやります。

◆恐怕會花點時間，但是我會幫你做的。　　時間はかかるかもしれませんがやります。

◆我去問問朋友。　　友達に聞いてみます。

9　拒絕（一）

◆不用了。／這樣就行了。　　結構です。

◆真不巧，明天下午有點事耶…。　　あいにく、明日の午後はちょっと…。

◆非常抱歉，請恕我無法遵照辦理。　　申し訳ありませんができません。

◆我沒有辦法做到。　　じゃ、やめときます。

◆那我不要了。　　ノー。

◆不了。　　　　　　やだよ。

＊「やだ」是「いやだ」口語形。越簡單就是口語的特色，省略字的開頭很常見。

◆我才不要。　　　　できません。

◆我不做。　　　　　やりません。

◆啊！不用了。　　　あ、いりません。

◆我幫不了這個忙。　お手伝いできません。

◆很遺憾，我辦不到。残念ながらできません。

◆實在太遺憾了。　　大変残念ですが。

◆恕難從命。　　　　遠慮しておきます。

◆我不想做。　　　　やりたくありません。

10 拒絕（二）

◆不好意思，我現在
很忙。　　　　　　悪いけれど今、忙しいです。

◆不好意思，我現在
手邊有事正在忙。　悪いけれど、今ちょっと手が離せません。

◆不好意思，我現在
沒有時間。　　　　悪いけれど、今時間がありません。

◆多謝您的好意，我現在正忙得分不開身。 　せっかくですけど、今取り込んでいます。

◆不好意思，我現在正在趕路。 　悪いけれど今、ちょっと急いでいます。

◆非常抱歉，我不知道。 　申し訳ありません、わかりません。

◆非常抱歉，那個東西我現在還在用。 　申し訳ありませんが、それはまだ使っています。

◆這樣就夠了，不用了。 　これだけあれば十分ですので、けっこうです。

◆現在這樣已經夠了。 　今間に合っています。

◆對不起，我不能接受。 　残念ですが、お断り致します。

◆無法按照您的要求。 　ご希望に沿うことができません。

◆您的好意我心領了。 　お気持ちだけ頂戴いたします。

◆請您去拜託別人。 　他の人に頼んでください。

◆下次有機會再說。 　また今度。

◆下次請您一定要再邀請我。 　次の機会にぜひ又誘ってください。

5 提出要求

1 在家裡

CD 85

◆ 我可以先去洗澡嗎？ 先にお風呂に入ってもいい？

◆ 我九點可以看偶像劇嗎？ 9時からドラマを見てもいい？

◆ 我可以轉台（看別的節目）嗎？ チャンネルを変えてもいい？

◆ 我明天可以請朋友來家裡嗎？ 明日、友達を家に呼んでもいい？

◆ 我明天晚上可以出門嗎？ 明日の夜、出かけてもいい？

◆ 我現在可以打電話嗎？ 今、電話を使ってもいい？

2 在職場上

◆ 請問我可以先用電腦嗎？ 先にパソコンを使ってもいいですか。

◆ 那件事我可以請山田小姐幫忙嗎？ それは山田さんにお願いしてもいいですか。

◆ 我今天可以請假早點離開公司嗎。 今日、早退してもいいですか。

◆ 我明天可以休假嗎？ 明日お休みしてもいいですか。

255

◆ 我可以連請三天假嗎？　休暇を3日いただけますか。

3　借東西

◆ 我可以向您借那本書嗎？　その本を借りてもいいですか。

◆ 我可以跟您借把傘嗎？　傘を借りてもいいですか。

◆ 請問我可以向您借用一下電話嗎？　電話をお借りしてもいいですか。

◆ 請問我可以向您借車來開嗎？　車を使ってもいいですか。

4　其他

◆ 我可以進去嗎？　入ってもいいですか。

◆ 我可以請教一個問題？　質問してもいいですか。

◆ 我現在可以和您說話嗎？　今、話をしてもいいですか。

◆ 我有些話想和您說一下。　少し、お話がしたいのですが。

◆ 我現在可以去您那邊嗎？　今から行ってもいいですか。

◆ 我等一下可以去您那邊嗎？　後で行ってもいいですか。

◆ 可以容我告退了嗎？　失礼させていただいてもいいですか。

◆ 可以容我先行告辭
嗎？

お先に失礼してもよろしいでしょうか。

◆ 請問我可以離開了
嗎？

もう行ってもいいでしょうか。

◆ 請問我可以坐下來
嗎？

座ってもいいですか。

◆ 請問我可以上個洗手
間嗎？

トイレに行ってもいいですか。

◆ 請問我可以直接稱呼
您的名字嗎？

名前で呼んでもかまいませんか。

5 允許

◆ 好的，可以呀。

はい、いいですよ。

◆ 好的，請便。

はい、どうぞ。

◆ 請便。

どうぞ。

◆ 當然。

もちろん。

◆ 好的，無所謂。

はい、かまいません。

◆ 好的，可以呀。

はい、いいですよ。

◆ 如果您想要那樣的話
請便。

もし、そうしたいならどうぞ。

◆ 若您想那樣做的話請
便。

そうしたければどうぞ。

◆ 如果您堅持的話。　　　　そう言い張るのなら。

◆ 如果您無論如何都非　　　どうしてもと言うのなら。
　得那樣的話。

6　拒絶

◆ 請您不要那樣做。　　　　それはご遠慮ください。

◆ 請不要那樣做。　　　　　それはしないでください。

◆ 不好意思，請不要那　　　悪いけれどやめてください。
　樣做。

◆ 不好意思，請您不要　　　悪いけれどそれは遠慮してください。
　那樣做。

◆ 如果可以的話，希望　　　できればやめてほしいです。
　您停止。

◆ 不，我絕不罷手。　　　　いいえ、絶対にだめです。

◆ 這樣會讓我不太舒　　　　気になるのでやめてください。
　服，請停止那樣做。

◆ 不，一點都不好。　　　　いいえ、よくありません。

◆ 不要那樣。　　　　　　　それはやめて。

7　命令或強求

◆ 你進來這邊一下。　　　　ちょっとこっちへ入って。

◆幫我拿一下這個。　　　これ、持ってて。

◆幫我拿一下那個有　　　その肩ひものついた鞄、取って。
　肩帶的皮包。

◆不好意思，幫我拿　　　悪い。そこのファイル取って。
　那個檔案夾。

◆智子，把辭典拿過　　　智子、辞書持ってきて。
　來。

◆老公，看這邊。　　　あなた、見て。

◆政夫，幫我把那個　　　まさお、ちょっとそのコップ、取って。
　杯子拿過來。

◆小隆，把這塊蛋糕　　　ねえ、隆君、このケーキ、持って帰って。
　帶回去吧。

◆不要走那麼快嘛。　　　そんなに早く歩かないで。

◆不要忘了早晚要澆　　　朝と晩に水をやるのを忘れないで。
　水。

◆拜託你，讓我搭個　　　お願い、乗せてって。途中まででいいから。
　便車吧，只要載我
　到中途就好。

◆那麼，就穿長裙　　　じゃあ、長いスカートにしなさい。
　吧。

◆喂，你身上有沒有　　　おい、金持ってるか。3万円ほど貸してくれな
　錢呢？可以借我個　　　いか。
　三萬塊嗎？

◆我才不借你！　　　貸すもんか。

◆有什麼關係嘛，咱　　　いいじゃないか。友達だろ?
　們不是朋友嗎？

259

◆喂，你把小孩藏到哪裡去了？	おい、子供をどこに隠した？
◆不管你再怎麼問，我不知道就是不知道。	いくら聞かれたって知らないものは知らない。

6 邀約、提議

◆要不要出來碰面呢？	出かけませんか。
◆我們出門去吧。	出かけましょう。
◆星期日可以見個面嗎？	日曜日に会えますか。
◆要不要一起去看場電影呢？	映画に行くというのはどうでしょう。
◆要不要去買東西呢？	買い物に行かない？
◆一起去買東西吧？	買い物はどう？
◆今天晚上要不要出來碰個面呢？	今晩、出かけない？
◆今天晚上可以和你見個面嗎？	今夜、会えますか。
◆你明天有空嗎？	明日、暇ですか。

◆你星期六有時間嗎？　　土曜日は大丈夫ですか。

◆我們下次要不要一起
　出門逛逛呢？　　　　　今度、一緒に出かけませんか。

◆要不要一起去横濱地
　標廣場呢？　　　　　　ランドマークプラザにしませんか。

◆要不要開車兜兜風
　呢？　　　　　　　　　ドライブに行きませんか。

◆要不要一起去參加派
　對呢？　　　　　　　　一緒にパーティーに行きませんか。

◆我們最近見個面吧。　　近いうちに会いましょう。

◆下回和大家一起聚一
　聚吧。　　　　　　　　今度またみんなで会いましょう。

---

2 吃飯

◆要不要一起吃飯呢？　　食事をしませんか。

◆下回要不要一起吃
　個飯呢？　　　　　　　今度、食事をしませんか。

◆我們去吃晚餐吧。　　　ディナーを食べに行きましょう。

◆要不要一起吃午餐
　呢？　　　　　　　　　一緒にランチを食べませんか。

◆要不要一起喝杯咖
　啡呢？　　　　　　　　お茶を飲まない？

◆喝杯咖啡如何？　　　　お茶はどう？

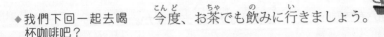

◆ 我們下回一起去喝杯咖啡吧？ 今度、お茶でも飲みに行きましょう。

◆ 我們一起去吃點好吃的吧。 おいしいものを食べに行きましょう。

◆ 我們去吃個法式料理吧。 フランス料理でも食べに行きましょう。

◆ 要不要一起去試一家新開的餐廳呢？ 新しいお店を試してみましょうか。

◆ 下回要不要一起去喝兩杯呢？ 今度、飲みに行きませんか。

◆ 我們來點個比薩吧。 ピザでも頼みましょうか。

◆ 我們來叫個外送吧。 出前を頼みましょうか。

3　購物與其他

◆ 我們一起去買東西吧。 一緒に買い物に行きましょう。

◆ 要不要去澀谷買東西呢？ 渋谷に買い物に行きませんか。

◆ 要不要去看電影呢？ 映画に行かない？

◆ 看《相棒（好搭檔）》如何？ 「相棒」はどう？

◆ 要不要一起去聽古典音樂會呢？ 一緒にクラシックのコンサートに行きませんか。

◆ 下個週末，要不要去打網球呢？ 今度の週末、テニスをしませんか。

◆下回要不要一起去泳池游泳呢？　今度、一緒にプールに行きませんか。

◆下回一起去打高爾夫球吧。　今度、一緒にゴルフをしましょう。

4　旅行

◆我們一起去泡溫泉放鬆一下吧。　温泉に行ってのんびりしましょう。

◆你覺得去川口湖好不好呢？　川口湖はどうでしょう。

◆一起去伊豆旅行住一晚如何？　伊豆で一泊旅行はどうでしょう。

◆要不要一起去露營呢？　一緒にキャンプに行きませんか。

◆我們暑假時一起去夏威夷吧。　夏休みに一緒にハワイに行きましょう。

◆我找到一個便宜的沖繩旅遊行程，要不要一起去呢？　安い沖縄のツアーがあるんですが、一緒に行きませんか。

5　邀請朋友來家裡　CD 88

◆下回請來我家坐一坐。　今度うちに遊びに来てください。

◆下回要不要來我家坐一坐呢？　今度うちに遊びに来ませんか。

◆你覺得來我家聚聚好不好呢？　うちで会うのはどうでしょう。

◆下星期六我要在家裡辦場派對，你要不要來參加呢？　今度の土曜日にうちでパーティーをするのですが来ませんか。

6　接受邀約

◆好呀。　いいですよ。

◆當然好。　もちろん。

◆務必讓我參加。　ぜひとも。

◆好的，務必讓我去。　はい、ぜひ。

◆好的，我很樂意。　はい、よろこんで。

◆我也希望如此。　そうしたいです。

◆好的，我們就這麼做吧。　はい、そうしましょう。

◆那樣真不錯耶。　それはいいですね。

◆那樣就好。　それでいいです。

◆謝謝您找我來。　声をかけてくれてありがとう。

◆謝謝您邀請我。　誘ってくれてありがとう。

◆既然您這麼熱情邀約…。　そこまで言うのなら…。

◆如果您無論如何都
堅持的話…。

どうしてもって言うのなら…。

※實際上心裡其實不大樂意。

7　拒絕邀約

◆不好意思，我沒辦
法去。

悪いけれど行けません。

◆萬分抱歉，我沒有
辦法去。

申し訳ないけれど行けません。

◆很遺憾的，當天我
的時間無法配合。

残念ですがその日は都合が悪いです。

◆當天我有別的事。

その日は別の予定が入っています。

◆雖然我很想去，可
是不能去。

そうしたいけれどできません。

◆很遺憾的，多希望
我能湊得出時間
呀。

都合がつけばよかったのですが残念です。

◆容我辭退。

やめておきます。

◆恕我無法參加。

遠慮しておきます。

◆不，我不打算參加。

いいえ、それは気が進みません。

◆不，我不去。

いいえ、けっこうです。

◆很遺憾。

残念です。

◆我想要做別的事。

私は別のことがしたいです。

◆無論如何，謝謝您的邀請。	いずれにせよ、誘ってくれてありがとう。

8　敘述拒絕的理由

◆我的身體狀況不太好，所以不能參加。	体調が悪いのでやめておきます。
◆我還有工作要做，所以不能去。	仕事があるので行けません。
◆因為還有非做不可的工作，所以湊不出時間。	仕事をしなくてはならないので都合が付きません。
◆我得去公司才行。	会社に行かなくてはなりません。
◆我那天要開會，請恕無法參加。	会議があるので行けません。
◆當天已經有別的行程了。	その日は別の予定があります。
◆這個月的行程已經滿檔。	今月は予定がつまっています。
◆我那時必須上課。	学校があります。
◆我那時必須去補習。	塾があります。
◆我的功課還沒寫完。	宿題があります。
◆我還得準備考試才行。	試験勉強をしなくてはなりません。

◆我已經先和朋友約好要碰面了。　友達と会うことになっています。

◆我有約會。　デートがあります。

◆因為我太累了。　疲れているので。

◆因為我的身體狀況不好。　体調が悪いので。

◆因為我還有預定事項尚未確定時間。　はっきりとした予定がまだわからないので。

◆因為我非得待在家裡不可。　家にいなくてはならないので。

◆因為我還得打掃家裡才行。　家の掃除をしなくてはならないので。

◆不好意思，因為我不大有興趣。　悪いけれどあまり興味がないので。

◆因為我沒有時間。　時間がないので。

9　提議改為別的時間　CD 89

◆如果訂在星期五的話可以嗎？　金曜日はどうですか。

◆二十五號我有空。　25日はあいています。

◆星期六我有空。　土曜日はあいています。

◆我上午時段有空。　午前中はあいています。

◆上午九點到十一點之間我有空。 午前9時から11時まであいています。

◆如果是星期天的話，我有空。 日曜日ならあいています。

◆三十號我沒問題。 30日は大丈夫です。

◆如果是下週的星期二的話，我有空。 来週の火曜ならあいています。

◆假如是上午時段的話，我沒問題。 午前中だったら大丈夫です。

◆下午時段我都有空。 午後はずっとあいています。

◆我從三點到五點有空。 3時から5時まであいています。

◆假如是七點以後的話，我有空。 7時以降ならあいています。

◆如果訂在週一到週五的話，晚上比較方便。 平日だったら夜の方がいいです。

◆如果要約星期五晚上的話，我有空。 金曜日の夜だったらあいています。

10 決定見面日期

◆什麼時候見個面呢？ いつ会いましょう。

◆我們約在橫濱見面吧。 横浜で会いましょう。

◆我們約在星期天碰面吧。 日曜日に会いましょう。

◆ 我們約在中午見面
吧。
　お昼ごろ会いましょう。

◆ 我們要約什麼時候碰
面呢？
　待ち合わせはいつにしましょうか。

◆ 要約什麼時間見面
呢？
　時間はどうしましょうか。

◆ 要在哪裡碰面呢？
　どこで会いましょうか。

◆ 我們就約下星期天
吧。
　今度の日曜日にしましょう。

◆ 我們吃完午餐以後見
面吧。
　お昼過ぎに会いましょう。

◆ 我們就約三點吧。
　3時にしましょう。

◆ 我們就約五點半左右
吧。
　5時半ごろにしましょう。

◆ 我們晚上見面吧。
　夜、会いましょう。

11 決定地點

◆ 你可以來接我嗎？
　迎えに来てくれますか。

◆ 我會開車去接你。
　車で迎えに行きます。

◆ 我會搭電車去。
　電車で行きます。

◆ 你知道櫻木町站在哪
裡嗎？
　桜木町駅はわかりますか。

◆ 就約在櫻木町站吧？　　　桜木町駅にしますか。

◆ 只有一處出口。　　　　　出口は一つです。

◆ 雖然有兩個出口，我　　　出口は二つありますが、東口のほうにしま
們約在東口吧。　　　　　しょう。

◆ 我們在收票閘口碰面　　　改札で会いましょう。
吧。

◆ 車站前面人太多了，　　　駅前は混むのでやめておきましょう。
我們不要約在那裡
吧。

◆ 我們改約在收票閘口　　　改札を出たところにしましょう
吧。

12 答應

◆ 那樣就行。　　　　　　　それでいいです。

◆ 我覺得很好。　　　　　　いいと思います。

◆ 那樣很好呀。　　　　　　いいですね。

◆ 那樣沒問題嗎？　　　　　それで大丈夫ですか。

◆ 那麼，星期六的五　　　　では土曜日の5時ごろ迎えに行きます。
點左右我去接你。

◆ 那麼，星期天的三　　　　では日曜日の3時半に横浜で会いましょう。
點半，我們在橫濱
碰面吧。

◆ 等我工作結束後再打電話給你。 　仕事が終わったら電話します。

◆ 到了當天，會再打電話確認。 　当日、確認のため電話します。

◆ 萬一您臨時有事，請打電話告訴我。 　万が一、都合が悪くなったら電話をください。

◆ 那麼，我們當天再會。 　では当日会いましょう。

◆ 我很期待和您見面。 　会えるのを楽しみにしています。

7 意見

1 同意（一） CD 90

◆ 對啊。 　　　　　　そうですよ。

◆ 原來如此。 　　　　なるほど。

◆ 是的，我也這樣認為。 　　はい、私もそう思います。

◆ 我和您的意見相同。 　あなたと同意見です。

◆ 我同意您。 　　　　あなたに同意します。

◆ 我同意您的意見。 　あなたの意見に同意します。

◆那是當然。　　　　　もちろんです。

◆您說的一點也沒錯。　まったくです。

◆我贊成。　　　　　　賛成<ruby>さんせい</ruby>です。

◆我有同感。　　　　　同感<ruby>どうかん</ruby>です。

◆那當然。　　　　　　それはそうよ。

2 同意（二）

◆您所言甚是。　　　　その通<ruby>とお</ruby>りです。

◆正如您所說的沒錯。　おっしゃる通<ruby>とお</ruby>りです。

◆就像您說的一樣。　　あなたの言<ruby>い</ruby>う通<ruby>とお</ruby>りです。

◆完全正如您所說的。　まったくその通<ruby>とお</ruby>りです。

◆這才對嘛！　　　　　そうこなくちゃ。

＊「なくちゃ」是「なくちゃいけない」的口語表現。表示「不得不，應該要」。

◆相當不錯。　　　　　いける。

◆好啊。那有什麼問題。　ぜんぜんオッケー。

◆可以，這樣就好了。　はい、結構<ruby>けっこう</ruby>です。

◆是，知道了。　　　　　はい、わかりました。

◆尚可。　　　　　　　　まずまず。

◆有什麼關係！　　　　　いいじゃないか。

◆也可以這麼說。　　　　そうとも言_いえます。

◆毫無置疑的餘地。　　　疑問_{ぎもん}をはさむ余地_{よち}がありません。

◆我明白您所說的意
思。　　　　　　　　　言っていることはわかります。

◆我同意其中部分看
法。　　　　　　　　　部分的_{ぶぶんてき}には賛成_{さんせい}します。

3　不贊成

◆不，我不那樣認為。　　いいえ、そうは思_{おも}いません。

◆我不認為如此。　　　　そうは思_{おも}っていません。

◆我無法同意。　　　　　同意_{どうい}できません。

◆我無法苟同。　　　　　納得_{なっとく}できません。

◆我覺得沒有建設性。　　非生産的_{ひせいさんてき}だと思_{おも}います。

◆我無法全面贊成。　　　完全_{かんぜん}には賛成_{さんせい}できません。

◆關於那件事，我完全無法同意。　　その件に関しては、まったく同意できません。

◆我認為不是那樣的。　　そうではないと思います。

◆我認為不正確。　　それは違うと思います。

◆請重新仔細思考一次。　　もう一度よく考えてください。

4 反駁（一）　　CD 91

◆你懂什麼！　　全然わかってない。

◆我才想說咧！　　それはこっちのせりふよ。

＊「こっち」是「こちら」的口語形。「せりふ」（說詞）。

◆我們也是啊。　　うちだって同じだよ。

＊「だって」就是「でも」的口語形。舉出極端或舉例說明的事物。表示「就連…」。

◆不用你說我也知道啦。　　わかってるよ。それぐらい。

＊這是倒裝句。口語中，最想讓對方知道的事「わかってる」，如自己的想法或心情部分，要放到前面。

◆真的嗎？　　ほんとうかしら？

◆真是這樣嗎？　　どうでしょうね。

◆我認為應該不相關。　　関係がないって思っています。

◆ 你在說什麼傻話啊？　　何を言ってるの？

◆ 怎能說不幹就不幹
　了呢！？　　　　　　やめるわけにはいかないよ。

◆ 反正結果還不都一
　樣。　　　　　　　　どうせ、また同じことになるよ。

◆ 我又沒做錯！　　　　俺、間違ってると思ってないから。

◆ 又來了。　　　　　　またかよ。

◆ 不用這樣說吧！　　　その言い方はないんじゃないの。

　　*句尾的「の」表示疑問時語調要上揚，大多為女性、小孩或年長
　　者對小孩講話時使用。表示「嗎」。

◆ 也沒必要說成那樣
　啊！　　　　　　　　何もそこまで言わなくたって。

　　*「たって」就是「ても」的口語形，表示假定的條件。「即使…
　　再…」。

◆ 你想太多了吧！　　　そんなの、ナイナイ。

　　*「ナイナイ」（沒那回事）是口語中常用重複的說法。是為了強
　　調說話人的情緒，讓對方馬上感同身受。

5　反駁（二）

◆ 怎麼可能辦得到嘛！　できるわけがないよ。

◆ 沒那回事啦。　　　　そんなことないよ。

◆ 不行，太貴了。　　　だめ、高すぎる。

◆那筆錢打哪來啊？　　　どこに、そんな金<ruby>金<rt>かね</rt></ruby>あんの？

◆才怪，最好是啦！　　　いや、まさか。

> ＊口語句中的副詞「まさか」，為了強調、叮嚀，會移到句尾，再
> 加強一次口氣。

◆一點也不好。　　　　　よかないよ。

◆我也有話要說。　　　　わたしもあるの。

◆我就是懂！　　　　　　わかるもん。

◆好啊。　　　　　　　　いいよ。

◆那怎麼可能。　　　　　あるわけないだろう。

> ＊「わけない」（不可能）是「わけがない」省略了「が」。表示
> 按道理不會有某種結果，即從道理上強調或確信完全不可能。

◆我才不相信。　　　　　<ruby>信<rt>しん</rt></ruby>じない。

◆還早啦！　　　　　　　まだいいじゃないか。

8 負面的感情

1 受夠了　　　　　　　　　　CD 92

◆我已經受夠了！　　　　もうたくさん！

◆ 我再也不要了！　　　　もういや！

◆ 你給我收斂一點！　　　　いい加減にして！

◆ 我再也無法忍耐了！　　　もう我慢できない！

◆ 我已經忍到極限了！　　　がまんもう限界！

◆ 不可能吧！　　　　　　　うそでしょう！

◆ 氣死我了！　　　　　　　頭にきた！

◆ 我已經厭惡到極點
　 了！　　　　　　　　　　もううんざり！

◆ 我再也無法忍受下
　 去了！　　　　　　　　　もうやっていられない！

◆ 已經忍無可忍了！　　　　もう限界！

◆ 這樣太不公平了！　　　　こんなの不公平！

◆ 哪有那麼荒唐的事！　　　こんなの馬鹿げている！

◆ 這 樣 太 亂 七 八 糟
　 了！　　　　　　　　　　こんなのむちゃくちゃ！

◆ 搞得我一肚子火！　　　　それは腹が立つ！

◆ 那樣太過分了！　　　　　それはひどい！

◆你做什麼！？　　　　何やってんだよ。

＊口語中常把「ら行：ら、り、る、れ、ろ」變成「ん」。對日本
　人而言，「ん」要比「ら行」的發音容易喔。

◆你很囉唆耶！　　　　うるさいな。

◆你在說什麼傻話啊？　なに言ってんの。

◆不用你雞婆啦！　　　大きなお世話だよ。

◆我受夠了。　　　　　もうあきれた。

◆夠了，真不像話！　　もう、話にならない。

◆歹勢啲！　　　　　　悪かったね。

◆別得寸進尺了！　　　調子に乗るなよ。

◆你別太過分了！　　　いい加減にしてよ。

◆開什麼玩笑！　　　　冗談じゃないよ。

◆誰知道啊！　　　　　知らないわよ、そんなもの。

＊這是倒裝句。迫不及待要把自己的喜怒哀樂「知らないわ」告訴
　對方，口語的表達方式，就是把感情句放在句首。

◆最好是會開心啦！　　楽しいもんか。

◆最好是！　　　　　　まさか。

◆真是的！　　　　　　　まったく！

3 不滿、抱怨（二）

◆偏心啦！　　　　　　　ずるいよ。

◆不要隨便亂看啦！　　　^{かって}勝手に^み見ないでよ。

◆催什麼催啦！　　　　　せかすなよ。

◆你真差勁！　　　　　　^{さいてい}最低。

◆少挑了。　　　　　　　^{ぜいたく い}贅沢言うな。

　　　　　　　　　　　＊「贅沢」後省略了「を」。在口語中，常有省略助詞「を」的情
　　　　　　　　　　　　況。

◆品味真差耶！　　　　　^{しゅ み わる}趣味悪いね。

◆別邊走邊吃啦！　　　　^{ある}歩きながらもの^く食うなよ。

◆你到底想怎麼樣？　　　^{いったい}一体どういうつもりなんですか。

◆你就饒了我吧！　　　　^{かんべん}勘弁してよ。

◆荒唐！　　　　　　　　そんな^{ば か}馬鹿な！

◆神經病。　　　　　　　ばかみたい。

◆小氣！　　　　　　　　ケチ！

◆傻瓜！（關西地區 アホ！
　用語）

◆畜生！　　　　　　畜生。
　　　　　　　　　　ちくしょう

◆就是這種下場。　　この始末だ。
　　　　　　　　　　　　しまつ

◆做得到才怪咧！　　そんなのできっこないよ。

4　不滿、抱怨（三）　　　　CD 93

◆我寫就是了嘛。　　書きゃいいでしょ。
　　　　　　　　　　か

◆早知道別說出來就好　言わなきゃいいのに。
　了。　　　　　　　い

◆我知道了啦，去了總　わかったわよ、行きゃいいんでしょ、行きゃ
　行吧，我去就是了　　　　　　　　い　　　　　　　　　　　　　い
　啦！　　　　　　　　あ。

◆如果你真的那麼想做　そんなにやりたきゃ、勝手にすりゃいい。
　的話，悉聽尊便。　　　　　　　　　　　かって
　　　　　　　　　　＊「りゃ」是「れば」口語形。有「粗魯」的感覺，大都用在吵架
　　　　　　　　　　　時，中年以上的男性使用。

◆不去不行啦。　　　　行かなきゃだめだよ。
　　　　　　　　　　　い

◆他說他不想工作得那　あんまり働かされるのは嫌なんだって。
　麼累。　　　　　　　　　　はたら　　　　　　　いや
　　　　　　　　　　＊這裡的「って」是「と」的口語形。表示傳聞，引用傳達別人的
　　　　　　　　　　　話。

◆他說他才不會做那種　そんなことしないんだって。
　事哩。

◆應該沒必要做到那種
　程度吧。　　　　　そこまで必要ないんじゃない。

◆不用拘泥於大小吧。　大きさは良いじゃないの。

◆那樣不是很浪費嗎？　そんなのもったいないじゃない。

◆我覺得那完全是浪費
　能源。　　　　　　全くエネルギーの無駄だって思います。

◆最近都很晚回來耶。　ここんとこ帰りが遅いわね。

◆你每天晚上都做些什
　麼去了，搞到這麼　　こんなに遅くまで毎晩なにしてんの。
　晚才回來！

◆我總得去陪人家應酬
　應酬啊。　　　　　いろんな付き合いがあるもんだからね。

◆你又裝出一副跟你無
　關的模樣…。真是　　また知らんぷりして…。ほんとにいやんなっ
　氣死人了啦！　　　ちゃうわ。

◆佐藤那個傢伙，竟然　佐藤のやつ、俺のことハゲって言うんだよ。
　罵我是禿驢！

◆真過份。　　　　　そりゃあんまりだな。

＊「あんまり」是「あまり」的口語形。加撥音「ん」是加入感
　情，有強調作用。

◆我實在是氣炸了，簡
　直忍不住想揍他一　　よっぽど腹が立ったから殴ってやろうかって
　頓。　　　　　　　思ったよ。

5　不滿、抱怨（四）

◆真的很氣人耶。　　もう嫌んなっちゃう。

◆給我記住！　　　　　覚えとけ！

◆歹勢，我突然有急　　　ごめん、急な用事ができちゃって。
　事。

◆咦？不能去了？　　　　えっ？行けなくなった？

◆我們早上不是約好　　　今朝、約束したでしょ？
　了？

◆那你不會一個人去　　　じゃ一人で行けばぁ？
　啊？
　　　　　　　　　　　　＊「ば」是「ばいいですよ」是省略後半部的口語表現。表示建
　　　　　　　　　　　　　議、規勸對方的意思，有嘲諷的意味。

◆你說那什麼話。　　　　なにその言い方。

◆小健最近很奇怪！　　　だいたい健ちゃん最近変だよ。

◆別囉唆了！　　　　　　うるせぇなぁもー。

◆我也有很多事要忙　　　おれだっていろいろ忙しいんだよ。
　的。

◆哪能你說什麼我就　　　いちいちお前との約束守ってられっかよ。
　做什麼的。

◆夠了！我一個人去！　　もういい！一人で行く！

◆小健大笨蛋！討厭　　　健ちゃんのバカ！大っきらい。
　死了！

6　　生氣、焦躁難耐

◆我心浮氣躁。　　　　　イライラしています。

◆我很生氣。 　　　　怒っています。

◆我氣瘋了。 　　　　頭にきています。

◆我非常憤怒。 　　　とても怒っています。

◆我很焦急。 　　　　あせっています。

◆我被逼到無路可走
　了。 　　　　　　　切羽詰まっています。

◆做什麼事都不順，
　搞得我心煩意亂。 　何もかもうまくいかなくてイライラしています。

◆大家都把事情推給
　我做，氣死我了。 　みんな私に何もかも押し付けるので頭にきます。

◆大家都很自私，我
　很生氣。 　　　　　みんな自分勝手で頭にきます。

◆只要一看到她，我
　就會心浮氣躁。 　　彼女を見るとイライラします。

◆事情無法如我想像
　中的順利，讓我焦
　急難安。 　　　　　思うようにことが運ばなくてあせっています。

◆事情無法妥善解
　決，快把我逼到絕
　地了。 　　　　　　解決できなくて切羽詰まっています。

7　寂寞心情

◆我好寂寞。　　　　　<ruby>寂<rt>さび</rt></ruby>しいです。

◆我好傷心。　　　　　<ruby>悲<rt>かな</rt></ruby>しいです。

◆我的心情很難受。　　つらいです。

◆事情很嚴重，我好痛　たいへんです。<ruby>苦<rt>くる</rt></ruby>しいです。
　苦。

◆我好悲慘。　　　　　みじめです。

◆我很絕望。　　　　　<ruby>絶望的<rt>ぜつぼうてき</rt></ruby>です。

◆我已經身心俱疲了。　ぼろぼろです。

◆我覺得自己好蠢。　　バカみたいです。

◆我好像被人利用了。　<ruby>利用<rt>りよう</rt></ruby>されたみたいです。

◆我覺得世上好像只剩　<ruby>一人<rt>ひとり</rt></ruby>だけ<ruby>取<rt>と</rt></ruby>り<ruby>残<rt>のこ</rt></ruby>された<ruby>気<rt>き</rt></ruby>がします。
　下自己一個。

◆我覺得有疏離感。　　<ruby>疎外感<rt>そがいかん</rt></ruby>があります。

◆我不知該何去何從。　<ruby>途方<rt>とほう</rt></ruby>に<ruby>暮<rt>く</rt></ruby>れています。

◆我只有孤伶伶的一個　<ruby>一人<rt>ひとり</rt></ruby>ぼっちで<ruby>寂<rt>さび</rt></ruby>しいです。
　人，好寂寞。

◆因悲傷而撲簌簌地直　<ruby>悲<rt>かな</rt></ruby>しくて<ruby>涙<rt>なみだ</rt></ruby>が<ruby>止<rt>と</rt></ruby>まりません。
　掉眼淚。

◆ 我真的好痛苦、好痛苦，不知道該怎麼辦才好。 つらくてつらくてしょうがありません。

◆ 非常失望。 がっかりしました。

◆ 我很失望。 がっかりしています。

◆ 我對你很失望。 あなたにはがっかりです。

◆ 我的心靈受創。 傷_{きず}ついています。

◆ 朋友的背叛傷了我的心。 友_{とも}達_{だち}に裏_{うら}切_ぎられて傷_{きず}ついています。

◆ 朋友的一句話傷了我的心。 友_{とも}達_{だち}の一_{ひと}言_{こと}に傷_{きず}つきました。

◆ 我被朋友誤會，很難過。 友_{とも}達_{だち}に誤_ご解_{かい}されて悲_{かな}しいです。

8 陷入沮喪

◆ 我很沮喪。 落_おち込_こんでいます。

◆ 我的心情很低落。 気_き持_もちが沈_{しず}んでいます。

◆ 我很鬱悶。 うつになっています。

◆ 壓力使我快要喘不過氣來。 ストレスで参_{まい}っています。

◆ 我覺得自己的活力和熱情已經燃燒殆盡了。 燃_もえ尽_つきてしまっています。

◆我對很多事情都感到迷惘。　いろいろと迷っています。

◆我沒有自信。　自信がないです。

◆我覺得很無助。　心細いです。

◆我每天都沒有閒情逸致享受一下生活。　毎日を楽しむ余裕がないです。

◆周遭給我的感覺很惡劣。　居心地が悪いです。

◆我覺得坐立難安。　落ち着きません。

◆我覺得有壓力。　プレッシャーを感じます。

◆我現在很緊張。　緊張しています。

◆我走投無路了。　行き詰まっています。

◆不管做任何事都不順利，讓我陷入沮喪。　何をしてもうまくいかなくて落ち込んでいます。

◆我對未來感到不安。　将来に不安を感じます。

◆在確定要到哪家公司上班之前，心裡一直是七上八下的。　就職が決まるまで落ち着きません。

◆我覺得很有壓力，深怕無法達成大家對我的期望。　周りの期待に応えなくてはとプレッシャーを感じます。

286

◆ 我對自己的能力不 自分の力のなさに、はがゆさを感じます。
足感到焦躁不安。

9 驚訝

◆ 咦？你的拉鍊沒拉 あれ？チャック開いてるよ。
上喔。

◆ 什麼？ ええっ？

◆ 嘎，什麼？ ええっ、何？

◆ 什麼？你說什麼？ 何だって。

＊這裡的「って」是「というのは」的口語形。表示復誦一次，反
問對方說過的話。

◆ 真的嗎？ 本当？

◆ 不會吧！ まさか！

◆ 真的假的！ うそ！

◆ 怎麼會！ そんなバカな。

◆ 真不敢相信！ 信じられない！

◆ 好厲害！ すごい！

◆什麼，他竟然做了那種事？　　ええっ、彼がそんなことを？

◆真的？那怎麼可能呢？　　まさか、そんなことがあるなんて。

◆我才不相信有那種事！　　そんなの信じない！

◆這真是無法想像。　　考えられない。

◆為什麼會突然這樣呢？　　突然どうして？

◆為什麼會突然說這種話呢？　　どうして突然そんなことを言うの？

◆想必您大為吃驚吧！　　それはショックですね！

◆想必您嚇了一跳吧！　　それは驚きですね！

◆真是沒想到。　　まったく意外だ。

◆有必要做到那樣嗎？　　そこまでするかよ。

2　嚇我一跳

◆我跟你說喔，聽說花子她到現在還跟爸爸一起洗澡耶。　　ねえ、花子ったら今でもお父さんとお風呂に入ってるんだって。

◆真的假的？實在讓人不敢相信，她都已經二十幾歲了耶。　　ほんと？信じられないわ。もう二十歳すぎてるのに。

◆嚇了我一跳。　　驚きました。

◆ 嚇我一跳！　　　　　びっくりした。

◆ 我嚇了一大跳。　　　とてもびっくりしました。

◆ 哎呀，真是少見啊。　やあ、珍（めずら）しい。

◆ 簡直是晴天霹靂。　　寝耳（ねみみ）に水（みず）でした。

◆ 讓我陷入了不安。　　動揺（どうよう）しました。

◆ 我實在無法相信。　　信（しん）じられません。

◆ 哎呀，哎呀!（表示　まあ、おやおや。
　意外、驚訝）

◆ 好巧喔！　　　　　　偶然（ぐうぜん）ですね！

◆ 過於震撼而說不出　　ショックで言葉（ことば）を失（うしな）いました。
　話來。

◆ 到現在還深受打擊　　いまだにショックから立（た）ち直（なお）れません。
　而無法振作起來。

◆ 我聽說他們兩個人　　二人（ふたり）が付（つ）き合（あ）っていると聞（き）いて驚（おどろ）きました。
　在交往，嚇了一大
　跳。

◆ 我聽到他辭去了工　　彼（かれ）が仕事（しごと）をやめたと聞（き）いてショックでした。
　作，非常吃驚。

◆ 女朋友突然向我提　　彼女（かのじょ）にいきなり別（わか）れようと言（い）われて動揺（どうよう）しま
　出分手，讓我頓　　した。
　時不知道該如何是
　好。

10 煩惱

1　心裡的煩惱　CD 96

◆ 我和爸媽處得不好。　親との仲が悪いです。

◆ 我和公婆處得不好。　義理の両親と仲が悪いです。

◆ 我無法感受到父母的親情。　親からの愛情を感じません。

◆ 我正和父母爭執中。　親ともめています。

◆ 我的婚姻生活並不順遂。　結婚生活がうまくいっていません。

◆ 我和男朋友／女朋友處得不好。　恋人とうまくいっていません。

◆ 我和女朋友吵架了。　恋人とケンカをしました。

◆ 我找不到自己想做的事。　やりたいことが見つかりません。

◆ 我不曉得自己該做什麼事才好。　何をやったらいいのかわかりません。

◆ 我提不起幹勁。　やる気が湧きません。

◆ 我找不到生活的目標。　生きる目的が見つかりません。

◆ 我覺得自己的視野變得越來越侷促。　自分の世界がどんどん狭くなっていきます。

◆ 我找不到自己的立足之地。　自分の居場所がありません。

◆ 沒有任何人了解我。　誰も自分のことをわかってくれません。

◆ 我已經對盡力符合大家對我的期望而感到灰心了。　周りの期待に応えようとすることに疲れました。

◆ 不管做什麼事情都不順利。　何をやってもうまくいきません。

◆ 我不了解自己。　自分で自分がわかりません。

◆ 我對自己沒有信心。　自分に自信がありません。

2 聆聽煩惱

◆ 畢竟一種米養百種人呀。　いろいろな人がいますからね。

◆ 我也有過類似的經驗。　私も似たような経験があります。

◆ 大家都是那樣克服障礙的。　みんなそれを乗り越えていくものです。

◆ 要以言語表達心意真是件難事呀。　気持ちを言葉にするのは難しいですよね。

◆ 要讓對方明白自己的心意實在很困難呀。　気持ちを相手に伝えるのは難しいですよね。

◆ 事情的進展很難如自己所願呀。　なかなか自分の思うようにはいきませんよね。

◆ 或許你們之間有種種誤會。 いろいろと誤解(ごかい)があるのかもしれません。

◆ 有時候就是會錯失良機呀。 タイミングがかみ合(あ)わないときがありますよね。

3　正向鼓勵

◆ 我覺得你還是把自己的心意老實說出來比較好喔。 正直(しょうじき)な気持(きも)ちを話(はな)したほうがいいですよ。

◆ 我覺得你還是找專家諮商比較好喔。 専門家(せんもんか)に相談(そうだん)したほうがいいですよ。

◆ 不把自己的心意從實招出是不行的唷。 自分(じぶん)の気持(きも)ちをはっきり言(い)わないとダメですよ。

◆ 不要一個人悶在心裡。 一人(ひとり)で抱(かか)え込(こ)まないで。

◆ 嘗試一下新的事物如何呢？ 何(なに)か新(あたら)しいことを始(はじ)めてみたら？

◆ 你要不要嘗試新的嗜好呢？ 新(あたら)しい趣味(しゅみ)を始(はじ)めてみたら？

◆ 你覺得加入某種社團好不好呢？ 何(なに)かサークルに入(はい)ったらどうですか。

◆ 或許參加文化中心是個不錯的主意。 カルチャーセンターがいいかもしれません。

◆ 或許參加通訊教學挺不錯的。 通信講座(つうしんこうざ)がいいかもしれません。

◆ 你要不要試著改變自己的形象呢？ イメージチェンジしてみたら？

◆這樣可以交到新朋友喔。　新しい友達ができますよ。

◆會有新的邂逅機緣喔。　新しい出会いがありますよ。

◆這樣也可以增加出門的機會喔。　外に出る機会もできますよ。

4　各種鼓勵（一）

CD 97

◆不會有問題的唷。　大丈夫ですよ。

◆請不必擔心。　心配しないで。

◆不要放棄唷。　あきらめないで。

◆加油。　がんばって。

◆明年再努力吧。　来年がんばればいいよ。

◆放輕鬆。　気楽に。

◆不要介意。　気にしない。

◆放鬆肩膀的緊繃。　肩の力を抜いて。

◆在你的面前必會開展出一條康莊大道的。　きっと道が開けますよ。

◆下回還有機會呀。　チャンスまたあるよ。

◆一定可以克服困境的。 乗り越えられますよ。

◆憑你的力量一定可以辦到的。 あなたならできます。

◆沒什麼大不了的。 たいしたことありませんよ。

◆沒事，沒事！ 平気、平気。

◆最後一定可以順利過關的。 最後にはうまくいきますよ。

◆再忍耐一下就好。 もう少しの辛抱です。

◆你並不孤獨。 一人ではないから。

◆我可以了解你的心情喔。 その気持ち、わかるよ。

◆我會陪伴在你身邊的。 私がついているから。

◆不要喪失希望。 希望を失わないで。

◆我會為你加油的。 応援していますから。

5　各種鼓勵（二）

◆要對自己有信心。 自分に自信を持って。

◆屬於你的風雲時代一定會來臨的。 自分の時期がきっと来ますから。

◆凡事都需要一些時間。　ものごとは時間<ruby>時間<rt>じかん</rt></ruby>がかかりますから。

◆人生從現在才正要起步呢。　<ruby>人生<rt>じんせい</rt></ruby>、まだこれからですよ。

◆從頭再來又何妨呢。　<ruby>一<rt>いち</rt></ruby>からやり<ruby>直<rt>なお</rt></ruby>せばいいじゃないですか。

◆人生並非全是不順遂的呀。　<ruby>人生<rt>じんせい</rt></ruby>、<ruby>悪<rt>わる</rt></ruby>いことばかりではないですよ。

◆人生中的所有經驗都會在往後發揮果效。　<ruby>人生<rt>じんせい</rt></ruby>、<ruby>無駄<rt>むだ</rt></ruby>はないですから。

◆有了那次經驗後，一定會有所顯著的成長唷。　その<ruby>経験<rt>けいけん</rt></ruby>によって、きっと<ruby>大<rt>おお</rt></ruby>きく<ruby>成長<rt>せいちょう</rt></ruby>しますよ。

◆船到橋頭自然直！　<ruby>何<rt>なん</rt></ruby>とかなるわよ。

11 讚美

1 讚美（一）　CD 98

◆真不愧是厲害的角色呀。　さすがだね。

◆果然不愧是林先生呀。　さすが<ruby>林<rt>リン</rt></ruby>さんだ。

◆原來如此～！　なるほど～！

◆太精采了！ 素晴らしい！

◆太出色了！ 見事だ！

◆很順手唷。 好調だね。

◆非常順利喔。 絶好調だね。

◆十分得心應手喔。 調子いいね。

◆看不出其實挺有兩 見かけによらないね。
把刷子的嘛。

◆從你的話中得到了 君の発言から新しい発見をしました。
新的觀點。

◆難得您肯為我做這 よくやってくれたね。
件事哪。

◆可真是無人能與之 天下一品だ。
爭鋒。

◆精彩絕倫。 ご立派です。

◆那個女孩實在長得 あの子、すっごくかわいいんだから。
太可愛了。
＊「すっごく」是「すごく」促音化「っ」的口語形。有強調的作
　用。

2　讚美（二）

◆你的努力不懈實在 君の頑張りはすごいね。
令人欽佩哪。

◆較其他人更為優秀。 ほかの人より優れている。

◆ 這正是你的強項。　　君のこういうところがすごい。

◆ 你的〜最棒囉。　　　君の〜は最高だ。

◆ 是最耀眼的喔。　　　一番光っていたよ。

◆ 是最好的喔。　　　　一番よかったよ。

◆ 我認為您是最出色
　的一位。　　　　　　私にはあなたが一番光って見えた。

◆ 你好棒喔。　　　　　あなたすてきね。

◆ 這家店好棒喔。　　　このお店すてきね。

3　讚美（三）

◆ 外型輕巧又便於使
　用。　　　　　　　　小さくて使いやすいです。

◆ 作為新手，已經相
　當不錯了。　　　　　新米にしては、なかなかいいんじゃないか。

◆ 我認為你提出的方
　案非常有創意呀。　　アイデアはとってもいいと思うんだけど。

◆ 到底是書法家，果
　然身手不凡。　　　　書道家だけあって、たいした物だ。

◆ 不愧是行家，手藝
　不同做出來的東西
　就是不一樣啊。　　　さすが名人だ、腕が違うからできばえも違
　　　　　　　　　　　う。

◆ 您好厲害喔，連從
　沒學過的知識也知
　道耶。　　　　　　　すごいですね。習っていないことまで知って
　　　　　　　　　　　いますね。

◆ 哪裡哪裡，還差得遠。	いいえ、まだまだです。
◆ 哪裡，獻醜了。	いいえ、お恥ずかしい限りです。
◆ 不，您過獎了。	いいえ、とんでもありません。

12 感想

1 詢問 CD 99

◆ 您的看法如何呢？	どう思いますか。
◆ 請問您有什麼樣的意見呢？	どのような意見を持っていますか。
◆ 請問您有什麼樣的印象呢？	どのような印象を持っていますか。
◆ 請問您有什麼樣的感想呢？	どのような感想を持っていますか。
◆ 您對那件事有什麼看法呢？	どう思いましたか。
◆ 請問還合您的意嗎？	どう気に入りましたか。
◆ 請問您對那件事有什麼樣的印象呢？	どのような印象を持ちましたか。
◆ 請問您對那件事有什麼樣的感想呢？	どのような感想を持ちましたか。

◆ 請問您對日本的英語教育有什麼樣的看法呢？　日本の英語教育についてどう思いますか。

◆ 您對國際化有什麼看法呢？　国際化についてどう思いますか。

◆ 您對日本的資源回收系統有什麼看法呢？　日本のリサイクル・システムについてどう思いますか。

◆ 您對照護保險有什麼看法呢？　介護保険についてどう思いますか。

2　回答―正面的

◆ 我覺得不錯。　いいと思います。

◆ 我覺得很重要。　大事だと思います。

◆ 我認為有必要。　必要だと思います。

◆ 我覺得很有意義。　有意義だと思います。

◆ 我認為具有價值。　価値あることだと思います。

◆ 我覺得很有效果。　効果的だと思います。

◆ 我覺得很有益處。　有益なことだと思います。

◆ 我認為很實用／很合理。　実用的／合理的だと思います。

◆我認為很有幫助。 　役に立つと思います。

◆我認為很有助益。 　助けになると思います。

◆我認為有實行的價 　やる価値があると思います。
　值。

◆我覺得很方便。 　便利だと思います。

◆我覺得很有建設性。 　生産的だと思います。

◆我覺得很具有功能 　機能的だと思います。
　性。

◆我認為對節省時間 　時間の節約になると思います。
　很有幫助。

◆我認為必須要認真 　真剣に取り組む必要があると思います。
　研究實行。

◆我甚為對未來的發 　将来の発展のために欠かせないと思います。
　展是不可或缺的。

3 回答—負面的

◆我認為那是不可避免 　避けて通れないと思います。
　的必經之路。

◆我認為那是時代的趨 　時代の流れだと思います。
　勢。

◆我甚為那是無可奈何 　仕方がないと思います。
　的。

◆我覺得只能靜觀其 　様子をみるしかないと思います。
　變。

◆我覺得不能一概而論。　　一概には言えないと思います。

◆我認為不宜。　　よくないと思います。

◆我覺得不好。　　悪いと思います。

◆我覺得很糟糕。　　ひどいと思います。

◆我認為沒有意義。　　無意味だと思います。

◆我認為不合情理。　　筋が通っていないと思います。

◆我覺得沒有益處。　　無益だと思います。

◆我覺得沒有效果。　　効果がないと思います。

◆我覺得效率很差。　　効率が悪いと思います。

◆我覺得沒有幫助。　　役に立たないと思います。

◆我認為是浪費時間。　　時間の無駄だと思います。

◆我認為是浪費金錢。　　お金の無駄だと思います。

◆我覺得不實用。　　実用的ではないと思います。

◆我覺得那是違抗時代的潮流。　　時代の流れに逆らっていると思います。

13 感動

1 真是太好了

CD 100

◆真是太好了。　　　　よかったです。

◆令人覺得頗為精采。　なかなかよかったです。

◆我看得很開心。　　　楽しかったです。

◆實在太有趣了。　　　おもしろかったです。

◆真是太了不起了。　　すばらしかったです。

◆太棒了。　　　　　　最高でした。

◆我深受感動。　　　　感動しました。

◆深深地打進了我的　　心を動かされました。
　心坎。

◆太令人佩服了。　　　感心しました。

◆我受到了壓倒性的　　圧倒的でした。
　震撼。

◆讓我非常激動。　　　興奮しました。

◆讓我雀躍不已。　　　わくわくしました。

◆場面太豪華了。　　　豪華でした。

◆真是太美麗了。　　　きれいでした。

◆我太滿意了。　　　　満足しました。

◆比我想像中還要精　　予想していたよりよかったです。
　采。

◆那是個美好的經驗。　　　いい経験でした。

◆讓我度過了一段快　　　楽しい時間を過ごせました。
　樂的時光。

2　感動－普通、不好

◆算是普普通通吧。　　　まあまあでした。

◆很普通。　　　　　　　普通でした。

◆算是位於平均值。　　　平均点です。

◆不算壞。　　　　　　　悪くなかったです。

◆不算好也不算壞。　　　よくも悪くもありませんでした。

◆很糟糕。　　　　　　　悪かったです。

◆糟糕透頂。　　　　　　ひどかったです。

◆慘不忍睹。　　　　　　さんざんでした。

◆好乏味。　　　　　　　つまらなかったです。

◆無聊透頂。　　　　　　くだらなかったです。

◆真是浪費時間。　　　　時間の無駄でした。

◆真是浪費金錢。　　　　お金の無駄でした。

◆真是索然無味。　　　　たいくつでした。

◆累死我了。　　　　　　疲れました。

◆讓我失望極了。　　　　がっかりしました。

◆讓我覺得很失望。　　　期待はずれでした。

Go日語 01

聊天 寫E-mail 手帳用日語

發行人········林德勝

著者··········西村惠子 著

出版發行·····山田社文化事業有限公司
　　　　　　106台北市大安區安和路一段112巷17號7樓
　　　　　　Tel：02-2755-7622
　　　　　　Fax：02-2700-1887

郵政劃撥·····19867160 號　　大原文化事業有限公司

網路購書·····日語英語學習網 http://www.daybooks.com.tw

經銷商········聯合發行股份有限公司
　　　　　　新北市新店區寶橋路235巷6弄6號2樓
　　　　　　Tel：02-2917-8022
　　　　　　Fax：02-2915-6275

印刷··········上鎰數位科技印刷有限公司

法律顧問·····林長振法律事務所　　林長振律師

定價··········新臺幣299元

2015年5月 初版